젊은이에게 비전을
노인에게 열정을

젊은이에게 비전을
노인에게 열정을

1판 1쇄 발행 | 2018년 9월 20일

지은이 | 남호동
펴낸이 | 김경배
펴낸곳 | 시간여행
본문 디자인 | [디자인 연;우]

등 록 | 제313-210-125호(2010년 4월 28일)
주 소 | 서울 마포구 토정로 222, 한국출판콘텐츠센터 419호 시간여행
전 화 | 070-4032-3664
이메일 | sigan_pub@naver.com

종 이 | 엔페이퍼
인 쇄 | 한영문화사

ISBN 979-11-85346-83-0　(03800)

이 도서의 국립중앙도서관 출판예정도서목록(CIP)은 서지정보유통지원시스템
홈페이지(http://seoji.nl.go.kr)와 국가자료공동목록시스템(http://www.nl.go.kr/
kolisnet)에서 이용하실 수 있습니다.(CIP제어번호: CIP2018029256)

젊은이에게 비전을
노인에게 열정을

남호동 지음

시간
여행

正直 勤勉 信賴

興寧南浩棟家訓

瑞峯

꿈은 크게 꾸고, 열정은 되살리자

나는 1943년 강원도 주문진에서 8남매 중 셋째로 태어났다. 선친은 일제강점기에 대관령을 무대로 목재상을 하셨다. 광복 후에는 강릉 주문진에서 대형 고깃배와 운송선을 겸한 선주로 어업과 무역업을, 한국전쟁 후에는 해산물 도매업과 축산업에 종사하며 격동과 난세에 여러 차례 업종을 바꾸었다.

선친은 가족이 모이는 기회가 있을 때마다 "호랑이는 죽어서 가죽을 남기고 사람은 죽어서 이름 석 자를 남겨야 한다"고 하셨다. "사람은 어떤 일에서나 유불리를 떠나 정직해야 하고 일을 하면서 남이 보든지, 보지 않든지 성실하고 근면해야 하며, 열정으로 끈기 있게 도전하면 이루지 못할 일이 없다"라고 하셨다. 그러면서 생활에서 어렵고 곤란한 일이 닥쳐도 반드시 매진하는 자세를 보이셨다.

나는 이러한 선친의 정직(正直)·근면(勤勉)·신뢰(信賴)를 가훈(家訓)으로 이어받아 실천하고자 노력했다. 뿐만, 아니라 내가 창업한 회사의 사훈(社訓)은 물론이고 선출직 회장으로 재임 중인 (사)한국경비협회의 협회훈(協會訓)까지 이 정신을 담아 새겨 실천하고 있다.

나는 꿈이 많은 소년이었다.

1964년 강릉고등학교를 졸업하고 부자가 되겠다는 꿈을 꾸며 삼성그룹 고(故) 이병철 회장의 서울 장충동 자택을 무작정 찾아갔었다. 애타게 구직을 청원하며 면담을 요청하였지만 이 회장을 만나지 못한 채 돌아서야 했다.

장교로 복무하던 시절에는 장군이 되겠다는 비전과 꿈을 품고 32년간 도전했으나, 장군으로 진급하지는 못했다. 1996년 53세에 육군 대령으로 퇴역했다. 그러나 나의 도전은 끝난 것이 아니었다. 좌절하거나, 가야 할 길을 잃지 않고 곧 도전하여 은행의 안전관리실장 3년, 우리나라 최고의 경비업체인 캡스에서 상근 고문으로 3년을 성실하고 모범적으로 마무리했다.

이때 경험으로 나는 경비업이 국가와 국민에게 어떤 역할을 하는지 이해했으며 일자리를 창출하는데 어떻게 이바지하는지 알게 되었다. 그리고 가훈과 군 생활에서 체득한 경험과 정신력이 경비업에 나와 궁합이 맞는다는 것을 깨달았다.

이러한 경험과 확신으로 환갑이 지나면서 KSPN주식회사를 창업했다. 그렇게 시작한 회사의 업력이 13년 차가 될 무렵, 숱한 우여곡절과 시련이 있었으나, 임직원들의 정직과 근면한 근무 덕분에 회사는 클라이언트에게 신뢰받으며 지속해서 성장하고 있다. 그러던 중, 주변 경비업계 원로들로부터 전국 1,500개 경비업체와 15만 경비원을 대표하는 사단법인 한국경비협회 전국구 회장 선거에 출마하라는 권고와 추천이 이어졌다.

협회 회장 선거에 출마하여 2016년 2월 29일 73세의 나이에 당선되었다. 벌써 올해가 3년 임기의 마지막 해이다. 지금도 서울 성수동 협회 빌딩 5층의 사무실과 동작구 상도동 KSPN(주) 사무실을 오가며, 호기심을 유발하는 일과 수시로 신선한 즐거움을 일상에서 만들며 지내고 있다

그리고 보면 나는 항상 꿈을 꾸며 지낸 것 같다. 어떤 꿈은 3개월 만에 허망해졌고, 또 어떤 꿈은 32년 동안 치열하게 정진했다. 비록 소년 시절 무모했던 첫 꿈은 좌절되었으나, 두 번째 꿈은 장군이 되는 것이었다. 그러나 32년간의 노력도 장군 진급의 문턱에서 결국은 좌초했다.

나의 꿈은 그렇게 무너졌으나, 그나마 다행인 것은 끊임없이 54년간 꿈을 갖고 살았다는 점이다. 나는 스스로 지치지 않

는 삶을 일군 덕분에 나의 삶은 방향성에서 일관성을 확보할 수 있었다. 이 책은 이러한 과정에 관한 나의 경험이자 기록이다. 그리고 오랫동안 지켜본 주변 지인들이 바라본, 나에 대한 평가이다.

100세 시대인 요즘, 은퇴하면 무엇을 할 것인지 고민하는 사람들이 점차 늘어나고 있다. 자신이 하던 일을 벗어나 새 출발을 하려면 시행착오와 많은 자금과 전문성이 필요하다. 이 장애요소를 극복하고, 자신이 하고자 하는 일을 간절함과 열정으로 지속하여 일구어야 한다.

그러나 꿈을 찾아 비전과 열정을 가지고 매진하더라도 꿈을 이루지 못할 수도 있다. 포기하지 않길 권고한다. 포기하지 않으면 실패하는 것이 아니다. 다시 새로운 꿈을 꾸고, 다시 도전하는 용기를 발휘했으면 한다.

《젊은이에게 비전을, 노인에게 열정을》 집필하면서 동시대를 살아가는 젊은이와 노인에게 성공의 기회란 멀리 있는 것이 아니라 가까이에서 울리는 종소리처럼, 그리하여 새벽 종소리처럼 신선하고 선명하게 들렸으면 한다. 성실하고 근면하게 노력했을 때, 열정을 다하는 모습을 보이는 과정에서 성공의 기회가 반드시 찾아오리라 믿는다. 그 기회를 놓치지 않기 위하여 우리는 준비란 것이 필요하다.

　관직이 높거나 명예가 빛나는 것도, 큰 자산을 일군 것도 아닌 그저 평범한 사람이라 나 자신이 한편으로 부끄럽고 한편으로 두렵지만, 내 생각과 경험을 정리하고, 내 삶을 지켜본 지인들의 평가를 책으로 묶기로 했다.《젊은이에게 비전을, 노인에게 열정을》이 젊은이에게는 용기를 불어넣고, 누군가에게는 삶의 항해에서 더욱 명확한 방향성을 설정하게 하고, 누군가에게는 업무에 새로운 돌파구가 될 계기가 되었으면 한다. 노인들에게는 풋풋한 추억의 장이자, 문제를 지혜롭게 해결할 수 있는 지혜의 실마리가 되었으면 한다. 그리하여 많은 이들의 삶이 행복했으면 한다.

2018년 7월 16일 KSPN(주) 상도동 집무실에서
남호동

차례

은퇴의 벼랑 끝에 서 있는 60·70대
61세에 창업!
나에게 남은 생존 기간 40년
창업으로 해결했다.

∶

I 장

CEO가 된 육군 대령

01

:
.

어머니의 정화수와 베트남전

1967년 4월 1일 소위로 임관한 후, 중부 전선 최전방, 보병 3사단 22연대 11중대에서 소대장 임무를 끝내고, 베트남전 참전을 지원했다.

강릉 본가에 가서 베트남전에 참전하기로 했다고 부모님께 작별인사를 하였다. 어머니는 나의 얼굴을 어루만지며 "살아서 돌아오라"라고 신신당부하셨다. 녹슨 철 대문을 나서며 반드시 살아서 돌아오겠다고, 부모님께 대한민국 장교의 늠름한 모습을 보여드리겠다고 스스로 다짐했다.

1968년 6월 1일. 춘천근교 9 보충대에서 파월교육을 한 달

동안 받았다. 그리고 춘천에서 용산으로 이동하여 부산 제3 부두로 갔다. 그곳에서 이기고 돌아오라는 부산시장·군수기지 사령관·여고생들이 환송하러 몰려나와 있었다. 맹호·백마·청룡부대에서 차출된 파병 교대요원과 전투손실보충 요원 15,000명이 2만 톤급 GEI GER호에 환호를 받으며 승선했다.

수송선은 미군 식으로 운용하고 있었다. 엄격하게 사병과 장교를 분리하여 관리했다. 지하층에서 일반 병사가 단체로 머물렀다면 장교는 2층 선실에 머물렀다. 각 선실에는 영관장교는 2명, 초급장교는 4명을 배정했다. 항상 정리된 하얀 침대보와 식탁의 음식은 자유롭게 취사선택할 수 있는 뷔페였다. 긴장이라곤 찾아볼 수 없는 평온함 속에 검푸른 파도와 넘실대는 오끼나와를 스쳐 동중국해 대만해협을 지나 베트남 다낭 항구에 입항했다. 파도와 바람이 멎고 머리 위에는 전투기와 헬리콥터가 요란하게 입체적으로 날아다녔다. 그제야 바라본 하늘과 땅 그리고 바다가 새롭게 보인다. 월남의 제2 도시인 다낭은 한낮 기온이 42도이고 정박한 선박의 선원들은 전쟁 물자 수송으로 분주하다. 긴 항해가 끝났다.

드디어 나트랑에 도착했다. 여름의 햇빛을 막아주는 열대림 사이로 밀리고 달리는 작은 자동차, 요란스런 전투기. 왠지 얄궂게 보이는 수송기와 눈에 보이는 것은 모두 괴이하게 보였다. 낮은 건물, 악어새, 레이다망…. 나트랑에서 니노하의 백마 사단 사령부까지 2시간 20분을 이동해야 했다. 한낮 기온이 우리의 몸을 땀에 흠뻑 젖게 하였지만, 눈은 이제 우리가 머물러야 할 땅을 살피기에 정신이 없었다. 스콜이 잠시 우리의 몸을 식혀주었다. 그리고 석양이 무척 아름다웠다. 이곳이 전쟁터임을 말하듯 포성과 전투기 비행기 소리가 쉼 없이 들려왔다.

사령부가 맡은 임무는 베트남 최남단 해안선을 따라 넓이 50km 지역에서 맹호부대가 담당하는 남단까지 방어하는 것이었다.

나는 맹호 사단 사령부가 있는 퀴논과 백마 사단 사령부가 있는 니노하 중간지점에 주둔한 백마 사단 28연대, 1대대 1중대 3소대장 보직을 받았다. 뚜이오아성은 베트남 수도 사이공에서 북쪽에 있는 월맹의 수도 하노이를 연결하는 전략적 요충지였다. 뚜이오아성 인근에는 대한민국 최고의 무공 훈장인 태극무공훈장을 추서 받은 해병 소령 이인호 영웅이 전사한 전략적 요충지인 혼바산과 봉로베이만이 있다.

봉로베이만은 전선에 필요한 휘발유를 공급하기 위한 송유선이 지나갔고 미군의 보급 물품을 맹호사단이 있는 퀴논에서 월맹 수도 하노이까지, 한·미·월 합동 전선에 공급하는 중심 보급로였다. 이 보급로의 안전을 확보하느냐, 마느냐가 전쟁의 중요한 기로였다.

백마 28연대는 흔히 '도깨비 부대'라고 불리기도 했다. 이 부대를 등지고 강과 바다가 나란히 흐르고 있었다. 그 강 너머로 긴 모래언덕이 해가 질 무렵이면 황금빛으로 빛났다.

백마 사단 28연대의 임무는 첫째, 뚜이오아성을 적의 위협으로부터 지켜 보호하고 하노이에 이르는 국도변의 안전을 확보하는 것이다. 둘째, 혼바산 기슭에 있는 봉로베이만을 방호하여 북쪽 하노이에 이르는 한·미·월 합동 전선의 보급로인 송유관의 안전을 확보하는 것이다.

특히, 1중대 3소대는 28연대의 최첨단 소대로서 평시에는 '혼바산'과 봉로베이만을 방호하는 경비업무를 주·야로 실시하고 야간에는 주로 베트콩이 출현 가능한 접근로에 매복을 나갔다. 그리고 백마 사단 작전계획 또는 28연대 작전계획 시에는 기동헬기로 주요 작전지역을 선점하는 첨병 소대로서 활동했다. 기동하기 위해 제공받는 헬리콥터는 총알이 숭숭 뚫렸으나 다행스럽게도 격추되거나 병사들이 죽는 일은 없었다. 그러나 작전지역을 선점하기 위해 급히 출동하다 보면 지형지물이나 적의 매복을 파악하지 못하여 총알 세례를 받고는 했다. 총알을 맞고 부상자가 발생하기도 했다. 헬리콥터에서 낙하하다 다리가 부러지는 병사도 있었다.

영어 실력이 부족한 편이나, 영한사전을 품고 다니며 우리 군과 미군간의 의사소통할 수 있었고, 한국군과 월남군 간에는 월남어 교육 이수 병사를 통역관으로 활용하면서 소부대 전투를 이끌었다.

소대원은 34명이었는데, 이 중 30명이 대한민국 무공 훈장을 받은 용맹스러운 대원이었다. 미 동성훈장, 월남 은성훈장 등을 중복으로 받는 주월사 최우수 전투 중대의 전투소대였다.

중대장은 조○○ 대위였다. 그는 대한민국 충무무공훈장, 인헌무공훈장, 월남 은성훈장, 미 동성훈장을 받았다. 중대의 소대장들도 2개 이상의 훈장을 받은 주월사령부에서 명실상부한 최우수 전투 중대였다. 주월사령부 내의 소속부대 어디에 가서도 백마 28연대 1대대 1중대라고 하면 월남 전선에서는 도깨비 중대로 통할 정도였다.

나는 어머니의 장한 아들로 태어나 국가에 충성한 징표로 화랑무공훈장, 월남 은성무공훈장, 국방부 장관 무공표창장을 받았다. 전투에서 이기는 힘. 즉, 지휘는 국가관이며 국가에 충성하는 사명감을 보여 줄 수 있는 것이 바로, 전과이다. 전쟁은 하지 말아야 하고, 부득이하게 전쟁을 치러야 한다면 반드시 이겨야 한다. 전투에서 패자가 되어보지 않고는 그 처참함과 비참을 알 수 없다.

꼭 살아 돌아오라는 어머님의 애틋한 목소리가 전선 어디에서나 멈추지 않았으며 그 목소리에 보답하는 길은 전투에서 승자로 살아남아 어머니에게 돌아가는 것이었다. "꼭 살아 돌아오라"라는 그 한 마디가 나에겐 힘이 되었고, 우리 소대를 베트남 전투에서 우수한 소대로 만들었다.

아들이 이국의 전쟁터로 떠난 후, 어머님은 매일 새벽마다 목욕재계하고 장독대에 정한수 한 그릇을 떠놓고 기도했다고 한다. 귀환하여 강릉 본가에 찾아갔을 때, 어머니는 무사히 돌아왔으니 정한수를 향해 3번 절하라고 하셨다. 그때 천지신명과 조상님들께 기도할 때 어머니의 그 표정은 간절했던 마음을 헤아릴 수 있게 했다. 내가 살아 돌아온 것이 그저 재수 좋았던 것이 아니라 천지신명과 조상님이 살펴주신 은덕이었음을 실감해야 했다. 나는 베트남에서 홀로 전쟁을 치른 것이 아니라 어머니의 간절한 염원이 베트남의 강과 산과 들을 지키는 신들을 감응시켜 나를 보호했었던가 보다.

돌아보면 아찔했던 순간이 많았다. 철모 모퉁이에 적의 AK 소총 탄환이 빗맞아 철모가 날아간 일, 매복 작전 중 적의 총알이 사타구니 옆을 스치면서 화약 상처를 남기고 속옷과 바지가 날아간 일, 매복을 나갔을 때 옆에서 이동하던 동료가 총을 맞고 쓰러졌던 일, 작전하기 위해 이동하던 헬리콥터 본체가 총알에 소리 없이 뚫렸던 일 등등.

34명 소대원 전원을 한 명의 전사자도 없이 귀국시키고 싶었다. 그러나 박기화 화기 분대 분대장이 머리에 총알을 맞았다. 그 당시 베트남 전장에서는 소대장 4명 중 2명이 전사하거나 불구가 되는 참혹한 실정이었다. 내가 근무했던 1대대 1중대도 소대장 한 명이 전사했고, 한 명은 두 다리를 자르고서 불구의 몸으로 귀국했다. 전쟁은, 지금 당장은 무섭고 참혹하지만, 미래에는 슬픔과 고통을 남긴다.

지금도 매년 현충일이면 백마 21 묘역에 들러 고인이 된 박 하사에게, 나라와 전우를 위하여 헌신한 그를 위하여 머리를 조아린다. 꼭 '살아 돌아오라'라고 하던 어머님의 목소리가 지금도 들리는 듯한데, 박 하사의 어머님은 어떤 심정이었을까 생각하면 가슴이 미어진다.

02

.
.

가슴에 묻는 고(故) 박기화 하사

광복 70년, 분단 70년인 2015년 보훈의 달인 6월은 나라 사랑, 국민 사랑, 가족 사랑의 정신을 특별히 되새긴다. 우리나라의 역사를 되돌아보면 호국정신은 시대별로 다르게 표현한다. 모두 나라와 국민, 가족에 대한 사랑을 담고 있다.

삼국통일의 초석이 된 신라 시대에는 화랑도가 있었고, 광활한 대륙을 호령한 고구려 시대에는 상무 정신이 있었고, 고려 시대에는 몽고 군에 끝까지 맞섰던 삼별초의 항거가 있었고, 조선 시대에는 청나라와 일본군에 봉기했던 민병들의 의병이 있었다. 일제강점기에는 독립운동이 있었고, 그리고 한국전쟁 때는 반공이 있었다. 휴전 이후에는 안보와 이념이 대세였다.

나는 일제강점기 말에 태어나 한국전쟁과 산업화 시대 그리고 민주화 시대를 모두 경험한 예비역 육군 대령이다. 갑종간부 206기로 육군 장교가 된 후 1968년 7월 7일 베트남전에 참가했다. 13개월의 전공으로 화랑무공훈장, 월남 은성무공훈장, 국방부 장관 무공표창을 받고 주월사 우수 소대장으로 선발되었다. 그러나 단 한 사람, 사랑하는 박기화 하사의 애통한 죽음은 가슴에 품고 살고 있다.

월남 뚜이호아에 있는 백마 사단 28연대 1대대 1중대 3소대는 소대원 35명 중 30명이 무공훈장 수여자일 정도로 베트콩에게는 공포의 대상이었다. 소대 전공이 방송에 소개되면서 위문편지와 위문품을 많이 받았다. 그 와중에도 백마 사단 본부에 근무했던 고등학교 친구 최규섭 하사가 헬기를 타고 소대를 방문하여 2박 3일간 우정을 나누는 여유를 전쟁터에서 가졌다.

28연대의 상벌 규정은 단순했다. 전과에 대한 직접적인 대상에게 상을 주는 것이 원칙이었다. 부대원 누구도 불만이 없었다. 그 덕분에 3소대는 포상 휴가자가 수시로 있었다. 포상 휴가는 흔히, 7일을 주었는데 휴가 갈 때, 라디오와 선풍기 그리고 TV를 선물로 들려 보내곤 했다. 그리고 휴가병이 귀대할 때는 소대원이 먹을 수 있는 김, 고추장, 마른오징어, 마른 멸치 등을 들고 돌아오곤 했다. 이런 날은 전 부대원이 둘러앉아 파티를 열었다.

그런 어느 날, 박기화 하사가 머리를 빡빡 밀고 자리에 앉아 있었다.

"박하사, 왜 머리를 밀었나!"

"저도 훈장을 받고 싶어서요. 제 결의를 다지느라 머리카락을 몽땅 잘랐습니다. 소대장님!"

전 소대원이 훈장을 받는데, 아직 박 하사에게 기회가 없었던 것이 소대원을 보기에 미안했던가 보다.

"보기 좋다. 잘해 봐!"

나는 박 하사에게 맥주를 건넸다. 그리고 그날 밤, 매복을 나갔다. 산에서 마을 사이에 있는 논의 논두렁에 23시쯤 자리 잡았다. 어둠에 덮인 매복지는 후덥지근했고 아무런 소리도 나지 않아 적막했다. 우리가 조금 지쳐갈 무렵 캄캄한 암흑속에 사람의 무리가 이동하는 것을 감지했다. 그리고 조금 있다 마을에서 개 짖는 소리가 한동안 요란했다.

"베트콩이다"

마을에 물자 조달을 나온 베트콩은 항상 진입했던 곳을 통해 1열 종대로 돌아간다. 역시 마을의 개가 요란한 것을 보니 적병은 다수이다. 소대원을 모았다.

"클레이모어를 적이 이동했던 곳에 설치하고 그곳을 중심으로 일렬횡대로 펼쳐서 매복한다. 그리고 클레이모어는 최대한 베트콩을 유인한 후 터트린다."

소대원은 신속하게 움직였다. 그들은 이제부터 어떻게 움직여야 하는지 이미 경험으로 알고 있었다. 세 시간이 거의 다 될 무렵 조달을 마친 베트콩이 암흑의 논을 질러오고 있었다. 그들이 최대한 다가왔을 때, 클레이모어가 터지고 소대원은 일제히 사격했다. 연대에서 쏘아 올린 조명탄에 전장의 풍경이 훤히 보였다. 허겁지겁 달아나는 베트콩과 앞부분에 엎드려있는 베트콩 그리고 널브러져 쓰러진 시체가 보였다. 무전병이 총을 들었다.

"내 옆을 이탈하지 마라!"

나는 무전병에게 단호하게 명령했다. 그런데 조금 떨어져 있던 박 하사가 갑자기 일어나다 픽 쓰러졌다. 총알이 머리를 관통한 것이다.

6월 6일. 현충일에는 동작동 국립묘지 21 묘역을, 이제는 찾아오는 이 없는 그 쓸쓸한 묘역을 나는 매년 꽃과 맥주를 들고 간다. 국가와 민족을 위하여 전사한 애국지사와 1969년도 베트남전에서 전사한 박기화 하사를 추모한다. 그와 함께했던 시간을 추억하며 그와 나누었던 이야기를 회상한다.

자신을 국가에 희생한 애국지사들이 없었다면 반만년 역사 중 가장 풍요롭고 번성한 오늘이 있을 수 있었을까. 그분들의 희생이 헛되지 않도록 우리는 국가와 가족 그리고 이웃에게 충실해야 한다. 그래서 나는 회장으로 재임 중인 한국경비협회의 격월간지 「Korea Security Association」에 '나라 사랑'이란 낙관을 삽입하여 발행한다.

국가보훈처와 협약하여 보훈처의 우수강사를 지원받아 연간 3만 명의 교육생에게 나라 사랑을 교육한다. 국민의 재산과 생명보호 임무를 수행하며 전국 곳곳에서 일하는 50만 경비업 종사자들이 나라 사랑 정신을 전파할 최적임자라 생각하기 때문이다.

그러한 호국정신이 올바르게 갖추어지면 꿈을 가진 젊은이, 열정을 잃지 않는 노인들이 양성되어 우리 사회에 건강함을 유지할 것이다. 이러한 정신문화가 정착되었을 때, 우리나라는 세계 속의 경제·복지 대국으로 거듭날 것이다.

국립묘지 21구역

03

.
.

28번의 이사와 20번의 전학

1970년 12월에 결혼한 후, 1남 2녀를 두었다. 직업군인인 탓에 1988년 육군 대령으로 진급하기까지 18년 동안 28번 이사했다. 강원도에서 15번, 경기도에서 7번, 서울에서 5번, 경남 진해에서 1번을 이사했는데, 대부분 최전방 지역의 읍·면·리였고 복지혜택을 누리지 못하는 여건이었다. 그 이후, 8년간은 자녀 학업 문제로 가족을 서울에 정착시키고, 주말부부로 살다가 1996년 4월 30일에 전역했다.

1979년 7월 9일 육군대학 정규과정에 입교하면서 진해로 내려갔다. 소령 시절엔 육본 인사운영감실 보직 명령을 받고 서울 이태원 군인아파트에서 살았다. 이후, 국방대학원에 입교하면서 서울 은평구 수색동 군인아파트로 이사했고, 용산구 동빙고동 군인아파트, 군인공제회가 분양한 상계동 보람아파트로 이사했다.

18년간 28번, 그것도 대부분 오지에서 3남매를 초등학교에 입학시켜 키웠으니 그 모진 고생은, 군인 가족이 아닌 사람들은 이해하기가 어려울 것이다. 살림살이가 빈약하고 열악한 주거환경 속에서 불평, 불만 없이 남편과 세 남매를 지켜주고 살펴준 아내에게 늘 감사한 마음이다.

아이들도 매년 새로운 학교와 선생님 그리고 친구들을 사귀어야 했다. 장녀는 초등학교에서 모든 학년마다 전학을 다녔다. 호기심 많은 중학생이 되어서도 매년 새로운 친구와 선생님을 만나기에 바빴다. 둘째 딸은 초등학교에 다니면서 6번을 전학해야 했고, 막내인 남자 아이는 그나마 적은 5번을 전학해야 했다. 어린아이들이 익숙해 질만하면 떠나야 했고 매년 강원도 전방 지역의 낯선 초등학교를 전전해야 했다. 지금 생각하면 철없을 초등학교 시절에 매년 한 번꼴로 전학해야 했으니 아버지로서 초·중학교 졸업생 모임이 없는 안타까운 추억을 남겨서 늘 마음이 아프다.

다행히 삼 남매 모두가 건실하게 성장해 각기 성신여대, 이

화여대, 한양공대를 졸업하고 사회에 진출했다. 그리고 가정을 꾸려 두 명씩의 아이들을 키우고 있으며 모두 대기업의 중견간부가 되어 직장생활에 충실하다. 열악한 환경에서도 군인의 정기를 이어받아 사회인으로 열심히 사는 모습을 보면 아버지, 어머니 처지에서 볼 때 대견스럽고 군인으로 살아온 지난 삶이 자랑스럽다.

04

●
●

나의 꿈이자 희망, 백선엽 장군

나는 강릉고등학교를 졸업하고, 故 이병철 회장의 서울 장충동 자택의 철로 된 대문을 애타게 두들기며 몸종이라도, 아니면 무보수도 좋으니 채용해 달라고 세 번 연속하여 방문했었다. 그러나 회장님은 일본 출장 중이셨다. 어쩔 수 없이 주문진 본가로 돌아와 공부방에서 면도날로 인지를 긋고 빨간 피가 흘러나오자 인내(忍耐)라는 혈서를 썼다. 그러한 편지를 써서 10일 간격으로 등기로 3번 보냈으나 회장님은 묵묵부답이었다.

아버님께서 "항상 정직·근면으로 도전하면 어떤 일이나 성공할 수 있다."라는 말씀이 생각나서 치사스러운 구직청원은 접고, 당당하게 1967년 4월 1일 육군소위가 되었다.

육군 소위가 되어서는 정직, 근면하게 군 복무를 하였다. 전쟁영웅 백선엽 같은 육군 대장이 되겠다는 꿈을 꾸며 전통이 있는 백골 사단 육군 3사단에서 소대장 근무 1년을 마치고 월남전을 지원했다.

육군 중위로 진급 후에는 백마 사단 9호 작전에서 전공을 세워 화랑무공훈장, 월남국 은성무공훈장을 받았다. 귀국하여 대한민국 전후방 부대근무를 하면서도 대통령 표창, 보국포장, 보국훈장 삼일장 등을 받으며 백선엽 대장과 같은 인물을 꿈꾸며, 국가와 민족을 위하여 젊음과 열정을 바쳐 근무했다. 그러나 장군의 관문인 육군 대령에서 좌절되어 32년간의 군 생활을 마감했다. 하지만 나의 희망 목표였던 백선엽 대장은 나의 가슴속에 항상 선망의 대상이었다.

백선엽 장군은 우리나라 최초로 33세에 육군 대장이 되셨다. 그 후, 육군참모총장을 2회 역임했다. 6·25 전쟁영웅으로 낙동강 방어 작전 시 사단장 38선을 최초로 돌파한 사단장이자, 평양을 최초로 입성한 사단장이다. 대한민국 육군의 상징적인 대표 인물이며, 퇴역 후에도 장관, 대사 등을 역임하면서 대한민국 격동기를 극복하는데 큰 업적을 남기셨다.

최근에는 한미연합사령관으로 미국군 대장들이 한국에 부임하면 제일 먼저 6·25 전쟁영웅 백선엽 장군께 인사를 하러 온다는 사실만으로도 그의 업적이 얼마나 대단한지를 이해할 수 있다.

백선엽 대장은 대한민국을 지키는데 큰 공을 세우셨다. 이순신 장군과 같이 나라 사랑, 국민을 사랑하는 마음이 한 결이었다. 군 생활할 때 백선엽 대장 같은 육군의 장군이 되는 것이 나의 꿈이자 목표인 것은 어쩌면 당연한 일이었는지도 모른다.

언젠가 노병이신 백선엽 대장을 만나서 악수라도 한번 해보았으면 좋겠다고 생각했다. 그러던 중, 85년 국방대학원 동기인 김○○ 예비역 육군 대장이 대한민국 육군협회 부회장으로 있으면서 백선엽 대장을 초대회장으로 모시고 있다 했다.

KSPN 주식회사가 육군협회 지원 기업으로 선정되며 그 분을 만나게 되었다. 2016년 12월 20일 육군협회 초대회장 백선엽 대장께서 후원사 인증서와 함께 6·25 회고록 1, 2, 3집을 자필로 서명하여 주셨다. 대장님과 함께 하는 시간이 큰 은혜였다.

이 선물을 받고 보니 초급장교 시절 한번 만나서 악수하고 싶었던 작은 소망을 이루었다는 생각에 감회가 새로웠다. 큰

꿈을 향하여 열정적으로 매진하면 소박한 작은 꿈이라도 이
룰 수 있다는 것을 나는 경험으로 알게 되었다.

南丞동會長任

내가 물러서면
나를 쏴라
1

2016. 12.20

박선영

05

.
.

생사를 넘나든 32년의 군 생활

1964년 2월 15일 강릉고등학교를 졸업하고 고교동기생 정선지와 함께 육군의 소집영장을 받았다. 논산훈련소 28연대 입대 후, 동기생과 함께 우수하게 훈련을 받고 훈련소에서 헤어질 때 PX에서 어머님이 입대 당시 돈주머니를 빤스에 달아 주셨던 현금을 공평하게 나눠 갖고 자대 배치를 받았다. 육군 상병이 된 이후 갑종 간부 후보생 장교과정에 응시했다.

1966년 4월 육군보병학교에 입교했고, 1967년 육군 소위로 임관해 육군 3사단 백골 사단 22연대 3대대 9중대 3소대장으로 장교 생활을 시작했다. 그러던 중 베트남 참전을 지원했다.

베트남에서는 백마 사단 28연대 1대대 1중대 3소대장으로 13개월 참전했고, 대한민국 전후방 곳곳에서 32년간 복무하다 39사단 작전 부사단장으로 53세이던 1996년 4월 30일 육군 대령으로 예편했다.

베트남에서의 생활은 죽느냐, 사느냐의 과정이었다. 부하 소대원 34명과 함께 무사히 파병 근무를 마치고 귀국하는 것이 소원이었다. 나는 살고 적은 죽이는 잔인한 목표를 달성하기 위해선 소대원 전원이 사격 명사수가 되어야 했다.

뜨거운 월남의 백사장에 빈 맥주 캔 35개를 소대원 수만큼 줄로 연결했다. 하루에도 두세 번 사격훈련을 했다. 고정된 캔과 이동하는 캔을 모두 맞춘 병사만 야자수 그늘에서 맥주를 마실 수 있었다.

정신이 굳건해야 싸움에서 승리한다. 전쟁터에 온 김에는 반드시 이기고 살아서 돌아가야 했다. 정신교육을 수시로 했다. 우선은 살아서 돌아가는 것이 목표였다. 그리고 두 번째 목표는 국가와 민족을 위하여 큰일을 하고 돌아왔다는 징표를 획득하는 것이었다. 즉, 무공훈장을 목에 걸고 부모님께 귀국 신고하는 장면을 연상시켰다. 훈장을 받으려면 적을 2~3명 사살하고 소총이나 화포를 전리품으로 획득해야 한다고 실천적인 방법을 제안했다.

살아남기 위한 혹독한 훈련과 왜 싸워서 이겨야 하는지에 대한 교육을 반복한 결과는 놀라웠다. 적의 총탄에 목숨을 잃은 박기화 하사를 제외하고 전 소대원이 인헌, 화랑, 충무무공훈장을 받고 무사히 귀국했다.

베트남에서 소대장 임무를 성공적으로 마친 배경에는 훌륭한 중대장 조○○ 대위가 있었다. 미군의 보급 전략 요충지인 봉로베이만을 방호하는 혼바산이란 험준한 산에서 수색작전 중이었는데, 1분대 장으로부터 남녀 군인 한 명씩을 사살했다는 전과를 보고받고 중대장에게 보고했다.

중대장은 험악한 산 중턱의 동굴 입구에서 사살한 베트콩 시체 두 구를 가져오라 했다. 시체 두 구를 이동시킬 일이 너무나 난감하고 끔찍했지만, 중대장의 명령이라 1개 분대는 시신을 운반하고 2개 분대는 경계를 서면서 약 두 시간 동안 소대를 안전하게 이동시켜 해안의 백사장까지 옮겨 놓았다.

그때가 오전 11시경이었는데, 중대장은 시체 두 구를 확인했다. 그리고 시체 밑에 클레이모어 2개를 밀어 넣고 뇌관을 누르자 시체 살점들이 흩날리더니 우박이 쏟아지는 것처럼 전투복에 달라붙었다. 베트남에서의 첫 작전이라 너무 놀랍고 황당했다.

"전투가 얼마나 잔인하고 참혹한지 똑똑히 봤나!"

중대장이 찢겨서 흩어진 베트콩의 시신을 둘러보며 말했다. 그런 그가 사람처럼 보이지 않았다. 어쩌면 이러한 중대장의 모습이 우리가 닮아야 할 군인의 모습일지도 모른다고 생각하니 더운 날씨임에도 몸에 한기가 일었다. 작전지역에서 교훈이라고 말하는 중대장과 어깨와 등에 죽은 자의 찢어진 살점을 붙인 채로 점심을 먹어야 했다. 그때를 생각하면 지금도 머리가 지끈거린다. 하지만 주월사 전투 최우수 중대장답게 그는 강했다. 그나마 우리가 무사히 귀환할 수 있었던 것은 그의 정신교육 덕분이었다.

　전쟁은 하지 말아야 하며 부득이하게 하여야 한다면 반드시 이겨야 한다. 이기기 위해서는 적보다 많은 준비를 하고 실전과 같은 훈련을 반복해야 한다. 그러나 베트남 전쟁터에서 만난 현실은 내가 지금까지 눈으로 보고, 귀로 들은 그 어떤 체험과도 동떨어진 일들이었다.

　노자의 도덕경 경구를 암송하듯 자꾸 되뇌었다.

　"보려 해도 볼 수 없는 것, 들으려 해도 들을 수 없는 것, 잡으려 해도 잡을 수 없는 것, 이 세 가지는 더 이상 설명할 수 없는 것인데 합쳐져서 하나가 된 것이 도이다. 그것은 너무 밝지도 않고 너무 어둡지도 않다. 끝없이 이어지니 무어라 설명할 수 없고 없음의 상태로 돌아간다."[1]

그러나 며칠, 이 말을 암송해 보았으나 그 뜻이 명확하게 다가오지 않았다. '실마리가 될 듯하여'는 마음에 둔 말이었으나 '상 없는 상이고, 만물이 없는 상이라니' 나에겐 현실적이지 않다. 오히려 나는 죽음을 마주 대면하는 것이 오히려 살아남을 수 있다는 생각이 들었다. 나는 나도 모르게 군복무규정 4조를 암송했다.

"국군은 대한민국의 자유와 독립을 보전하고 국토를 방위하며 국민의 생명과 재산을 보호하고 나아가 국제평화의 유지에 이바지함을 그 사명으로 한다. … 군대의 강약은 사기에 좌우된다. 사기는 군 복무에 대한 군인의 정신적 자세이며, 사기왕성한 군인은 자진하여 어려움에 임하고 즐거이 그 직책을 수행할 수 있다. 그러므로 군인은 자기 직책에 대한 이해와 자신을 가져야 하며 굳센 정신력과 튼튼한 체력을 길러 죽음에 임하여서도 맡은 바 임무를 완수하겠다는 왕성한 사기를 간직하여야 한다.

전쟁의 승리는 오직 단결된 힘으로 얻을 수 있다. 단결의 요

---

1 노자 도덕경 14장:

視之不見 名曰夷 聽之不聞 名曰希 搏之不得 名曰微

此三者不可致詰 故混而爲一

其上不皦 其下不昧 繩繩不可名 復歸於無物

是謂無狀之狀 無物之狀 是謂恍惚 迎之不見其首 隨之不見其後

執古之道 以御今之有 能知古始 是謂道紀

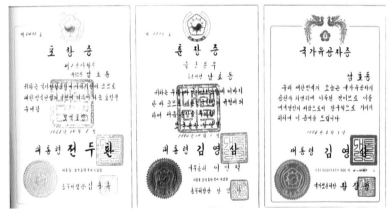

무공훈장은 태극, 을지, 충무, 화랑, 인헌이 있다.
보국훈장은 통일장, 국선장, 천수장, 삼일장, 광복장이 있다.

체는 전원이 한마음 한뜻으로 뭉쳐 준법정신, 희생정신, 공사의 명확한 구분과 상호이해를 바탕으로 공동의 목표를 달성하기 위하여 모든 역량을 통합·집중하는 데 있다. 그러므로 모든 부대는 군기가 상징하는 부대의 전통과 명예를 위하여 지휘관을 중심으로 굳게 단결하여야 한다."[2]

내가 하여야 할 일은 분명하다. 지금 이 순간에 내가 지키고 수행해야 할 것은 소대장으로서의 책무이다. 지금 당장 처한 현재의 문제들에 충실하여지자. 나 스스로 복무규율을 잘 준수하며 소대원이 나를 믿고 신뢰하게 해야 한다. 그리고 중대장의 지시를 성실하고 정직하게 이행하면 신뢰받는 소대장이 될 수 있을 것이다. 어머니의 바람처럼 나는 기필코 살아서 돌아가리라.

나는 그렇게 생과 사를 넘나드는 전투지에서 조금씩 군 생활에 적응하고 있었다.

철원에 있는 6사단(청성사단) 2연대 전투 지원 중대장을 1972년 1월 7일에서 1973년 7월 15일까지 18개월간 복무했다.

전투 지원 중대는 106mm 포를 차량에 설치한 직사포 1개 소대와 4.2인치 곡사포를 차량에 탑재한 2개 소대와 중대 본부로 구성되어있는 전방사단 전방연대의 직속으로 있는 최강

---

2 국군복무규율 제4조 강령

의 화력을 보유한 중대였다. 이처럼 연대 직속으로 하나밖에 없는 전투 지원 중대장은 연대의 최고 선임자, 소령 진급 대상 1순위인 대위가 맡았다. 그런데 연대장은 국가관이 투철하고 승부욕이 강하며 적과 싸우면 이길 수 있는 지휘관을 찾고 있었다.

그때, 필자의 경력은 역사와 전통이 있는 백골 사단 3사단에서 철책(GOP) 소대장 임무를 마치고 월남전에 참전하여 무공훈장을 받고, 주월사 최우수 소대장으로 선발된 공적이 있었다. 그리고 월남전에서 1969년 8월 4일 귀국한 후, 육군3사관학교 훈육관을 역임한 이력이 인정되어 연대장이 전투 지원 중대장으로 인사명령을 발행했다.

전투 지원 중대장에 부임하고 보니 중대 임무가 막중했다. 지금까지는 소총과 권총만 다루는 부대의 소대장이었다면 이제부터는 포병 대대의 일개 포대와 대등한 화력으로 편성된 중대를 지휘해야 했다.

월남전에서는 내가 죽느냐? 적을 죽일 것이냐! 막다른 길에서 얻은 정신력이라면 해결하지 못할 일이 없었다. 전투 지원 중대장으로 나를 선택한 연대장에게 그 선택의 결과가 옳았음을 증명하고 싶었다. 내가 어리다고 탐탐히 여기지 않았던 사단장님을 깜짝 놀라게 하고 싶었다. 마침 군단 포술 경연대회가 3개월 남아있었다. 지금이 바로 실천할 때라고 생각하며 소대장 3명과 포술 부사관을 소집하여 우리 연대가 해야 할 일은 오로지 1등뿐이라며 실전처럼 싸워 이기자고 호소했다. 훈련과정은 월남 전투 준비 과정보다 더 치열했다.

결과는 군단 포술 경연대회에서 1등이었다. 군단장과 함께 귀빈석에서 사단장이 쌍안경으로 표적에 명중하는 우리 중대의 포탄을 보다가 벌떡 일어나 기뻐하던 모습이 지금도 생생하다. 포술대회가 끝난 후, 연대장, 사단장은 필자만 보면 어깨를 툭툭 치며 치하했다. 그 후 필자는 사단장 눈에 들어 중대장 임기가 끝나자마자 1973년 7월 16일 자로 사단 보안과장으로 발령받아 근무하던 중, 1976년 3월 1일 소령으로 진급했다. 1977년 6월 7일 육군본부 인사 운영감실로 발령받아 인사처리 장교로 근무했다. 육본에서 근무하게 된 배경은 사단장이 육본 인사 운영감으로 영전한 덕분이다.

필자는 훌륭한 지휘관을 만나서 최선을 다하며 정직하고 근면하게 생활하여 신뢰를 얻는데 노력한 결과, 기회가 반드시 온다는 것을 초급장교 시절부터 경험했다. 앞만 보고 잡념 없이 달려가다 보면 캄캄한 긴 터널이 나온다. 그리고 긴 터널이 지나면 반드시 밝은 세상이 눈앞에 펼쳐졌다.

6·25 때 인천상륙작전에 참가한 육군은 2사단 17연대가 유일하다. 나는 그 17연대에서 2대대장으로 1982년 4월 22일에 부임하여 1984년 2월 8일까지 22개월 근무했다. 38선 이북으로 진격했다가 철수하면서 인제에서 미국 포병 대대가 교량이 없어서 대대장을 포함한 전 병력이 괴멸한 격전지에 주둔하고 있었다. 후에 미군 포병 대대의 지휘관 부인이 남편이 전사한 장소를 찾았을 때, 하천에 교량이 없어서 남편과 부하들이 이곳에서 전사했다는 내용을 전해 듣고는 다리를 건설하고 남편의 이름을 따서 리빙스턴 교라고 명명했다.

그런데 필자가 부임 차 사단장을 뵈었을 때, 사단장이 말씀하시길 대대장으로 재임하면서 사망사고를 내지 말라고 신신당부하며 2대대는 사고뭉치 대대라고 혹평했다. 사실 필자가 부임하기 며칠 전, 신병 초병이 함께 근무하던 선임 초병을 사살했다. 그 사고로 대대장이 보직 해임되었다.

이취임식이 끝나자 제일 먼저 부대대장에게 과거에 있었던 사고에 대하여 구체적으로 챙겼다. 나의 질문이 귀찮았는지 "대대급은 행정단위 부대가 아니라 전투단위부대입니다."라고 부대대장이 답변했다. 필자보다 군 선배인 부대대장에게 다시 질문했다.

"집안에 족보가 있소?"

부대대장이 '있다'라고 답했다.

"아니 읍사무소나 면사무소의 호적계에 가면 다 있는데, 왜 집에서 족보를 보관하는가요"라고 반문하였더니 아무 소리도 하지 않았다. 나는 부대대장의 도움으로 대대의 사고 이력을 연도별, 월별, 주별로 파악하고 미래계획을 수립하여 부대를 지휘했다. 그 결과 대대장 임기가 끝날 무렵 사단에서 실시하는 대대급 이상 지휘관 회의에서 무사고 부대 표창을 받았다.

대대에 사고가 없으니 전국 방방곡곡 장병들의 고향에 계시는 부모님들로부터 신뢰를 얻게 되고, 대대 내에서는 장병들 사이에 화합과 단결 그리고 사기가 올라갔으며 사단장님을 비롯한 연대장님의 칭찬이 잦아졌다. 대대 지휘방침을 잘 먹이고, 잘 입히고, 잘 재우면서, 욕하지 말고, 구타하지 말고, 사랑하라로 정했다. 지금 생각해도 인명사고 없이 550여 명의 병사를 모두 고향의 부모님 곁으로 무사히 귀환시켰음은 나의 군 생활에서 보람이었고 하늘이 도와준 거 같다.

1991년 1월 21일로 53사단 울산 연대장으로 보임되어 1992년 9월 23일까지 20개월간 부대를 지휘했다. 연대장 보직 선호도가 높은 지역이다. 연대에서 관할해야 하는 지역은 부산의 해운대 청사포에서 북으로 포항 초입 해병대 초소까지 길고도 먼 해안선 130Km를 경비하고 방호하는 임무였다.

내륙지역으로는 언양, 양산까지 광활한 지역을 2개 연대 규모인 7개 대대가 담당해야 했다. 울산공업 도시 전에는 울경사령부가 담당하던 지역이다.

당시 2군 담당 연대 병력편성이 해안담당 대대는 현역병 50%, 방위병 50%로 구성하여 해안으로 침투하는 간첩과 일본으로부터 밀수품을 들여오는 선박을 체포하는 임무가 주업무였다. 해안에 배치된 방위병들은 자가 출퇴근하며 해안경비를 담당하였으나 군 교육과 군 기강 면에서는 현역과 비교하면 많이 나태했다. 이로 인해 부산에서 포항까지의 긴 해안 초소에서는 다양한 사건 사고가 빈번하게 발생했다. 인명사고가 연 5, 6명씩 발생하는 2군 사령부 내에서도 사고가 제일 자주 발생하는 부대로 소문이 나 있었다.

전입신고를 할 때 2군 사령관이 말씀하시길, "울산 연대장은 사고 없는 연대지휘에 매진하라"라고 필자에게 당부했다. 대대장으로 부임할 때도 사단장의 '사고 없는 대대 만들라'고 하셨다. 이 말은 나에게 사고가 나면 책임을 묻겠다는 뜻으로 이해되었다.

군사령관님과 군단장, 사단장 말씀의 요지는 하나같이 '무사고 연대, 아니면 사고 감소'였다.

필자는 연대장 취임식을 끝나자마자 연대지휘 중점 1호를 무사고 부대육성으로 설정하고 잘 먹이고, 잘 입히고, 잘 재우는 방법을 실천했다. 그리고 철저한 전술훈련과 정신교육을 강도 높게 시행하였다. 초창기에는 중대장, 대대장들도 좀 심하다는 목멘 소리가 참모들을 통하여 들려왔다. 그러나 필자는 초지일관 처음처럼 강한 훈련과 정신교육을 계속 진행하면서 월남전에서 했던 것처럼 상훈 관계를 명확하고 공정하게 실시하여 부대원의 단합과 화합을 유도했다. 그리고 장병들의 부모님을 병사 교육에 동참시켜 성과를 내도록 다양한 계획과 실행으로 사고 예방에 진력했다. 그러다 보니 사단장, 군단장, 군사령관이 연대를 방문할 때면 연대장에게 금일봉을 하사하고 어깨를 부둥켜안는 장면이 종종 일어났다.

연대는 모든 일을 사고 예방에 집중하는 시간이었다. 연대장급 이상이 참석하는 군단 연말 단위 대장 회의에서 포상으로 교육 우수연대나 무사고 연대 표창 중, 하나를 선택하라는 전달이 왔다. 나는 인사 특기 전문가로서 무사고 연대 표창장을 선택하여 단위 대장 회의 시 군단장님으로부터 극찬의 칭찬을 받는 촌극이 있었다. 그리고 10월 1일 국군의 날에 근무 공로로 노무현 대통령 표창을 받는 겹경사가 있었다,

사회인이 되어서 생각해보니 부산에서 포항까지의 긴 해안선을 따라 배치된 2,500여 명의 병력이 무사고로 1년이나 지

2군 사령관 중요 방어지역 전투진지 점검

냈다. 이는 천지신명께서 살펴주신 덕분이라 생각하고 나는 할 수 있다(I can do it!)는 자신감으로 모든 일에 임하고 있다.

필자와 함께 근무했던 대대장 2명과 중대장 1명 그리고 연대본부의 교육 장교가 장군으로 진급해서 대한민국 육군의 주요 보직에서 국가 안보의 중추적 역할을 다하는 모습을 보면 대견스럽고 장하다. 함께 근무했던 장교들이 군에서 장군이 된 것을 이 지면을 통하여 다시 한번 축하한다. 현재에도 이들과 관계를 유지하며 울산연대 시절 고생했던 추억을 회상하며 좋은 인연으로 유지하고 있다.

좋은 친구, 사귀고 싶은 전우들이다. 이리한 끈끈한 정이 국가발전에 밑거름이 되었으면 한다.

연대장 임무가 끝날 무렵 3군 사령관이었던 육군 대장 구○○사령관의 부름을 받고 1992년 3군사령부 본부사령 보직을 발령받았다. 본부사령은 3군 사령부 내부를 방호하는 작전 임무와 내부 살림살이를 책임지고 있었는데, 주로 내부 행정업무였다.

구○○ 사령관에게 최초 군사령부 살림살이를 보고하는데 보고서 작성과정에서 깜짝 놀랐다. 보고서 내용을 보니 가정주부의 장바구니 보고와 유사했다. 그러나 역사와 전통이 있는 3군사령부 사령관에게 보고하는 내용이므로 관례를 존중

3군 본부 사령 취임식

하여 수개월 동안 그대로 월말 보고서를 작성했다.

그러던 중, 어느 날 용기를 냈다.

"30~50매 되는 보고서를 10매 내로 줄여서 핵심만 보고하고 나머지 잡다한 것은 기타 항목에 합계만 적는 것이 어떻겠습니까."

의외로 사령관은 선뜻 동의하면서 육군 소장인 참모장을 불러서 지시했다.

"당신 업무도 많고 복잡한데 본사 살림살이까지 보고받지 말고 본부사령이 직보하도록 하는 것이 어떻겠소"

사령관은 선뜻 보고체계와 보고서 작성내용 등 중간간부의 고충을 덜어주셨다. 그 후 나는 사령관의 신뢰(信賴)에 호응하고자 업무를 더 꼼꼼히 챙기고 확인해야 했다. '왕대밭에 왕대 난다'라는 말처럼 명장 밑에 명장이 있는가 보다. 누구나 사람의 성품을 보며 얼마만큼 신뢰할 것인지 평상시의 생활에서 가늠하는가 보다.

사령관의 이러한 배려는 많은 사람을 감복시키곤 했다.

전라남도 영광군 조기잡이 마을이 고향인 육군 소장○○○ 사단장이 손바닥보다 큰 조기 열 마리를 어느 날, 나에게 보내면서 사령관의 밥상에 올려달라고 했다. 이 선물을 사령관의 관사에 보내고 며칠 지내던 차에 사령관이 본부사령 부부와 저녁 만찬을 함께하자는 초청을 받았다. 그 자리에 참석하였더니 귀한 조기 4마리가 식탁 테이블에 올라와 있었다. 이것을 본 사령관 사모님이 "본부 사령님, 요리사 교육 좀 하세요."라고 하셨는데, 말인즉 2마리면 충분한데 4마리나 올렸냐는 것이다.

이 말을 들은 사령관이 말씀하시길,

"여보, 아무 말 마시오. 요리사가 얼마나 조기가 먹고 싶었으면 4마리를 구웠겠소. 이왕 네 마리나 구웠으니 한 마리는 우리 부부, 한 마리는 본부사령 부부가 드시고 나머지 두 마리는 건드리지 맙시다. 남겨 놓으면 요리사 반찬이 되겠지요."

마침, 만찬 자리를 엿듣고 있던 요리사가 이 말을 들었다. 그는 아무 말도 하지 않고 자리를 떠났다. 그리고 그는 복무

運宰 作, 명심보감 정기편

기간 중, 사령관을 모시는 태도와 자세가 더욱 성실해졌다.

명심보감 정기편에 나오는 말, "모든 일에 너그러우면 그 복이 스스로 두터워진다."[3]란 말의 참뜻을 나는 그때 깨달았다.

32년 동안 대한민국의 자유와 독립을 보전하고 국토를 방위하며, 국민의 생명과 재산을 보호하고 나아가 국제평화 유지에 이바지하며 살았다. 이제는 새로운 직업에 매진하며 살아야 할 경비업체의 대표로서, 1,500개 경비업체와 15만 명의 경비원을 대표하는 한국경비협회 회장 취임식에 구○○ 사령관께서는 과거 내가 모셨든 상관의 자격으로, 육군을 대표하여 참석해 주셨다. 그 인연을 지금까지 이어오고 있다.

육군은 나의 큰 스승이자 버팀목이다. 항상 대한민국 육군에서 익히고 배운 것을 감사히 생각하며 살고 있다. 바르게 살고 그 마음을 너그럽게 대하면 후대까지 복이 온다는 명심보감 정기편의 말을 깊이 새기고 있다.

---

3 명심보감(明心寶鑑) 정기편(正己篇): 만사종관 기복자후(萬事從寬 其福自厚)

06

.
.

환갑에 도전한 창업

32년간의 육군 생활을 마치고 예비역 대령 계급자 대상 비상계획관 시험에 응시하였으나 낙방했다. 다시 1년간 치열하게 준비하여 응시자 중, 1등으로 합격했다. 성적순의 희망 보직으로 부산은행 안전관리실장으로 취업했다. 안전관리실장으로 3년을 마칠 무렵 육사 19기인 문○○ CAPS 회장님 추천으로 최○○ 사장을 상담한 후, 대한민국 최고의 경비회사 CAPS에 상임고문으로 일하게 되었다.

시중은행 10개의 영업을 총괄하면서 2000년도 기준 CAPS 총용역료 2,000억 원 중 10%인 200억 원의 금융권 영업을 맡아

1위 업체와 대등한 수준까지 끌어올릴 수 있었다. 그때부터 회장, 사장으로부터 영업 수완을 인정받아 막히는 것 없이 CAPS에서 즐겁게 근무했다.

그 비결은 군 생활 32년 동안 터득한 인내심과 열정을 바탕으로 가훈이었던 정직, 근면, 신뢰를 실천한 결과였다. 당시 CAPS란 회사는 전라북도 장수가 고향인, 예비역 헌병 초급장교 출신의 최○○가 창업한 대한민국을 대표하는 경비업체였다. 지속하여 성장하는 경비보안업체였으나 사주가 지병으로 갑작스럽게 타계하면서 후손들이 경영하게 되었다. 그러던 와중 IMF가 터지면서 회사 경영이 어려워지자 2000년 초, 세계적인 경비·방호회사인 미국의 ADT에 약 600억 원에 매각했다. 나는 ADT가 CAPS를 인수할 때부터 3년간 근무했다.

ADT는 CAPS를 인수한 이후, 커다란 변화를 주었다. 구조조정을 통해 임원의 나이를 하향 조정하고 인력을 감축했다. 부동산 자산을 처분하여 현금화했으며, 거래은행을 미국 씨티은행으로 바꾸었다. 모든 사무용 기자재를 리스로 전환했다. 굳이 경영진의 속셈을 말하지 않아도 독자 여러분은 잘 알 것이다. ADT는 2014년 3분기에 영국계 회사에 2조 2천억 원의 거액을 받고 매각하여 실익을 챙긴 후, 한국을 떠났다.

CAPS 상임고문으로 은행영업을 할 때, 그림자처럼 따라다니던 문○○ 부장이 어느 날 "경비회사를 하나 창립하시죠!" 라고 불쑥 제안했다. 무슨 뜻이냐고 물으니 나의 경력과 영업수완, 정직함과 열정이면 충분히 경비회사를 창업해서 성공할 수 있다는 것이다. 그의 말인즉슨, 경비업체 창업은 자본이 적게 들고, 재고나 외상거래가 없다는 것이었다. 그리고 고문님은 이 업종에서 갖추어야 할 신뢰의 바탕인 정직, 근면을 이미 갖추고 있으며 이미 충분한 경험을 쌓으셨고 유효한 인맥이 많다는 것이 문○○ 부장의 첨언이었다.

당시의 CAPS의 2,000억 매출액 중 내가 담당하는 ①한국은행 및 시중은행 본사 및 지점에서 발생하는 매출액이 10%를 점유하고 있었다. 그중 시설경비에서 발생하는 인력 경비가 40%를 점유하고 있었다, ②매출이 20%를 올리는 거래처 업종은 금방, 귀금속 가게, 중요 물품 보관소에서 발생했다. ③시설장치 업무와 공사비로 20%, 기타 매출이 10% 발생하는 우리나라 최대의 경비 보안 회사이다.

문 부장의 말은 나에게 타당한 이야기였다. 이미 퇴직하고 나간 간부급 인사 중 몇몇이 동종분야에서 사업을 시작하여 성공한 사례가 있었다. CAPS의 상임고문 근무계약은 1년 단위로 재신임을 물었는데, 4년째 재계약이 되었다는 서면 통보를 받고 '더 근무할 것인지, 아니면 창업을 할 것인지'를 고민했다.

사직서를 제출했다.

몇 시간 후, 사장이 호출했다. 사장이 면담한 자리에서 사직하면 무엇을 할 계획인지를 물어왔다. 이○○ 사장의 부친은 동작동 국립묘지에 영면하고 계시는 예비역 육군 대령이고 본인도 해군 대위 출신이었다. 그래서 그런지 나에게 지나칠 정도로 배려가 많았다. 1년 만이라도 함께 더 근무하기를 권했지만, 그의 앞에서 고사하는 이유로 경비업체를 창업하겠다고 했다.

이 사장은 회사설립 준비를 얼마나 했는지를 물었다. 내가 준비과정을 명확하게 설명하지 못하자 도움이 필요하면 지원해주겠다고 했다. 회사를 설립하는 일정을 혼자 짜고 있던 나는 CAPS 지원이 필요한 부분이 있어 재차 이 사장을 만났다. 창업을 준비하기 위하여 2개월 후로 사직 일로 했으면 한다는 일정과 경찰청 경비허가를 받기 위하여 경비원 20명을 지원해주면 도움이 되겠다고 말했다.

그 자리에서 이 사장은 경비 및 인사담당 임원을 불러 두 가지 문제를 지원해 줄 것을 지시했다. 그러면서 추가하여 경비원 20명은 그대로 써도 좋다고 했다. 그리고 회사를 창업하면 꼭 성공하시라는 덕담을 주셨다. 참으로 고마운 사람이다.

이런 과정을 거쳐 KSPN(주)을 2004년 2월 19일 창업했다.

61세의 나이에 회사를 창업하겠다고 가족들에게 말하니 아내를 포함한 전 가족들이 지금 나이에 무슨 회사설립이냐고, 노망 부리지 말라며 펄펄 뛰었다. 현재 국가에서 받는 연금에 직장에 다니는 두 딸과 아들이 일정 금액을 보탤 것이니 편하게 노후를 보내시라고 강하게 반대했다.

나는 100세 시대를 살아가면서 어렵고 궁핍스럽게 생활하기는 싫었다. 향후, 40년 동안 자식들에게 부담 가는 부모가 되어선 안 된다고 생각했다. 스스로 돈을 벌어서 당당하게 자식들에게 군 생활하면서 고생시켰으니 작은 보상이라도 해야겠다고 생각했다. 철모르고 자라는 손주, 손녀들에게 최소한 대학입학금 정도는 할아버지가 지원하는 것이 작은 소망이었다. 나이든 할아버지의 존재가치를 알리고 싶었다.

나는 큰 부자가 되겠다고 故 이병철 회장을 찾아갔으나 거절당했고, 장군이 되겠다고 32년간 밤낮 구분 없이 열정적으로 근무했으나 장군의 문턱인 대령에서 좌절했다. 회사원 생활 6년하고 61세 나이에 도달하니 국가와 민족에 대한 젊었을 때, 품었던 큰 꿈은 쪼그라들어서 가족에게 봉사하며 이웃을 사랑하자는 작은 꿈을 실현하기로 마음을 굳혔다.

KSPN 주식회사를 설립하려고 보니 자본금 1억 원, 사무실 준비, 직원 채용 등 자금이 필요했다. 그래서 1억을 빌려주면 회사 설립하여 벌어서 모두 정산하겠다고 어린아이가 젖달라고 칭얼대듯이 아내에게 부탁했다. 장래가 보이지 않는 약속을 하고 1억 원을 받아서 회사 설립준비에 착수하고 보니, 서울 중심가인 명동과 여의도 접근이 쉬우면서 가장 싼 값으로 사무실 임대가 가능한 지역이 동작구였다. 사무실을 동작구 상도동에 조그마한 5층 건물에 제일 위층 열 평에 오픈했다. 직원은 남자 1명, 여자 1명을 채용하여 영업했다. 그러나 영업이 되지 않아 두, 석 달을 마이너스 통장으로 생활해야 했다.

고민에 고민의 연속이었다. 어느 날, 집에서 기르던 황소를 부모님 몰래 팔아 서울 가는 경비로 사용했다는 정주영 회장님이 문득 생각이 났다. 나는 퇴근해서 밤늦게 아내가 깊이 잠들었을 때, 장롱 속의 아파트 집문서를 들고나와 숨겨놓았다. 다음 날 하나은행 서대문지점에서 아파트를 담보로 5천만 원을 빌려서 회사에 돌아와 사무실 경비와 직원급여를 지급했다.

그렇게 며칠이 지나고 퇴근하니 아내가 장롱 속에 있던 집문서를 보지 못 했느냐고 파랗게 질린 얼굴로 물어왔다. 나는 태연스럽게 못 보았다고 대꾸했다. 아내는 더는 묻지 않고 아파트 집문서를 찾느라 온 집안을 부산스럽게 뒤졌다. 그런 모습을 보면서 나는 잠들었다.

그렇게 며칠이 지나자 나에게도 양심은 있었는가 보다. 부인에게 집문서를 찾아주면 고맙다는 말 외에는 아무 말도 하지 않으면 아파트 집문서를 찾는데, 일조하겠다고 했다. 부인이 어떤 사연이 있어도 묻지 않을 터이니 제발 집문서를 찾아달라고 애원하길래 멋쩍게 건네주었다. 다음 날, 5천만 원 어디 갔냐고 다그치길래 사용처를 알려주면서 직원급여와 사무실 운영비가 없어서 할 수 없이 대출받아 사용했다고 했다. 조금만 참고 기다려주면 자본금과 대출금의 원금과 이자를 갚을 것이니 믿으라고 달래어 고비를 넘겼다.

그 후, 명예와 자존심을 버리고 고등학교 동기생이자 서울우유 조합장 김○○, 대원동화 회장인 정 ○, 상무 최○○ 등 친구들과 군 생활 32년 동안 맺은 인연이 있는 국민은행 임○○ 등을 찾아가 KSPN(주)의 창업을 알리고 도움을 청했다. 하나같이 모두 적극적인 반응을 보이면서 힘내라고 격려해주었다.

그 후, 사업은 실타래 풀리듯 풀려서 회사를 창업한 지 6개월이 지났을 때는, 세금과 회사 경비 그리고 직원급여를 정리하고도 흑자였다. 이 자리를 빌려 나에게 도움을 준 친구들과 군 후배, 지인들에게 깊이 감사드린다.

社 訓

正 直
勤 勉
信 賴

Customer  Service

Satisfaction
Sensation
management

(before. in. after)

正直 하게 살면 – 힘이 생긴다

勤勉 하게 살면 – 일터와 돈이 생긴다

信賴를 가지고 살면 – 친구와 사랑이 생긴다

正直 勤勉 信賴를 실행하면 幸福한 꿈이 생긴다

회사 경영이 흑자가 일어나기까지 마음고생을 지금 와서 생각해보면 거짓말 같다는 생각이다. 그러나 언제나 나에게는 든든한 버팀목이 있었다. 그것은 32년간 군 복무 대가로 받는 최저 생활이 보장되는 연금이다. 그 연금은 나에게 용기의 원천이었고, 다시 시작할 힘이었다. 지금도 국가와 군에게 늘 감사하다.

나는 이 글을 쓰고 있는 지금, 이 순간 행복하다. 먼저, 아내와 약속한 자본금 1억 원과 APT 담보 대출금을 반환했다. 그리고 내가 생각했던 삼 남매에게 아파트를 장만하는 데 종잣돈을 지원했다. 마지막으로 손주들이 대학 갈 때, 사용할 입학금을 미리 준비했다.

이렇게 약속을 실행에 옮기고 생각했던 소박한 꿈들을 모두 이루게 되니 그저 기쁘다. 여기에 생활 자금은 KSPN(주)에서 일정 금액의 급여를 받을 수 있고, 2~3년 주기로 수억 원을 배당받을 수 있는 회사 경영으로 금전 걱정이 없는 삶을 유지하고 있다.

여기서 짚고 넘어가야 하는 것은 월남 전투에 참전한 전투 참전 수당과 화랑무공훈장 전공수당을 수년 전부터 아내의 권고로 손자, 손녀들의 대학교 입학금으로 적립했다는 것이다. 손자, 손녀들이 대학 입학할 때, 할아버지의 32년 군 생활과 월남전 참전 교훈을 알게 되는 참교육이라 생각하니 적은 돈이 지만 가치가 있을 것으로 생각한다.

환갑의 늦둥이로 창업에 도전하여 열정적으로 매사에 임하여 보고 싶은 곳, 먹고 싶은 것, 하고 싶은 것을 모두 하면서 살고 있다.

여러분. 도전에 실패했다고 좌절하지 말고, 자신의 삶에 비전을 세우고 열정으로 도전했으면 한다.

07
.
.

1% 가능성에 도전한 경비협회장

2015년 8월 레이크사이드CC. 경비업체 CEO 골프모임에서 원로들이 갑자기 제안했다. 한국경비협회 중앙회장 선거에 출마해달라는 것이다. 협회의 상황이 매우 무질서하고 신뢰할 수 없는 수준까지 이르렀다는 것이 원로들의 걱정이었다. 나로서는 단 한 번도 생각해보지 않았던 뜻밖의 제안이었다.

협회 발전을 위해서는 대령 출신에 강직한 성품을 지닌 남 대표 같은 사람이 차기 회장이 되어야 한다며 치켜세우는 통에 단박에 거절하지 못하고 생각해보겠다고 했다. 현재 경비협회 지방협회장 재직 중인 한 분이 수면 아래에서 수년 전부터 출마준비를 하고 있었다. 그렇기에 나는 덥석 그 제안을 받아들일 수 없었다.

그러던 중, 같은 장교 출신의 경비협회 원로고문 한 분이 수차례 계속하여 "현시대에 가장 적합한 인물"이라며 강하게 권유하셨다. 잦은 권유와 설득을 당하자, 나는 협회의 발전에 한 몫할 수 있다면 도전 못 할 것도 아니라는 생각이 들었다.

투표는 6개월밖에 시간이 없었다. 협회 일이라고는 한 번도 경험이 없는 상황에서 협회장 도전이라니 누구나 무모하다고 생각할 것이다. 그러나 20대부터 사회생활을 시작하여 베트남전을 참전했고 32년 군 생활을 누구보다 성실하고 열정적으로 수행한 내가 못 할 일은 아니라고 생각하고 밤과 낮 구분 없이 전국 방방 곳곳을 누비며 선거 유세에 돌입했다.

2016년 8월. 73세의 나이로 단 한 번도 경험하지 못한 전국단위의 사단법인 한국경비협회 중앙회 회장 선거전에 뛰어들었다.

"I cad do it!"

먼저 KSPN㈜에 선거사무실을 개소했다. 선거담당 여직원과 운전기사를 배치하고 선거운동 계획을 치밀하게 수립했다.

경비협회 중앙회장 선거는 전국 경비업체 1,500여 명의 대표에 의해 선발된 250명 대의원의 표심을 잡아야 하는 간접선

1992년 통도사/ 문수사 주지 초하 청하 스님 作

거였다. 참고로 직전 회장 선거에서는 양측의 당락이 한 표 차이였다.

선거는 무조건 이겨야 하는 전쟁이었다. 불리한 선거판을 뒤집기 위해 우선 나는 선거사무실 준비와 선거담당 직원을 임명했다. 그리고 선거 정보에 필요한 제반 선거규정과 대의원 명부를 도 단위로 수집했다. 그런 한편 선거 참모부를 구성하여 정보수집을 했다. 다음에는 전국에 흩어져 있는 대의원 방문계획을 도 단위로 수립하고 선거일까지 3회 이상 직접 접촉한다는 계획을 짰다. 마지막으로 방문한 이후에는 우리에게 우호적인 대의원은 청색, 무반응인 대의원은 녹색, 거부하는 대의원은 적색으로 분류하고 선거운동 상황을 매일매일 표시했다.

선거 핵심 참모를 대동하고 아침 일과를 시작해 밤 12시 아니면 새벽 2~3시까지 전국을 누볐다. 차 안에서 사무를 처리하고 연락된 대의원을 만나 설득작업을 벌인 후, 선거사무실로 그 결과를 청색, 초록색, 적색으로 통보하며 하루하루를 보냈다. 그리고 선거 판세를 종합한 선거사무실에서는 다시 판세 현황을 휴대전화로 알려주었다.

처음 대의원을 만났을 때는 나를 아는 사람 몇몇을 제외하고는 대부분 표정이 적색이어서 참담했다. 나는 혼잣말로 여기서 주저앉으면 지금까지 열정을 가지고 열심히 살아온 내 인생이 갈기갈기 찢어진다고 생각하고 마음을 다잡았다.

연대장 시절 통도사 주지스님의 "진인사대천명(盡人事待天命)"처럼, 사람으로서 할 수 있는 최선을 다했으니 오직 하늘의 뜻을 기다리기로 했다.

그러나 힘든 선거전 와중에도 만나는 대의원이 지금은 적색이지만 언젠가는 청색으로 변할 날이 올 것이라 확신했다. 처음 만났을 때는 적색이 대부분이었으나 2~3번 만나 웃음을 주면서 점차 녹색으로, 그다음 만났을 때는 청색으로 변하는 모습을 표정으로 느낄 수 있었다.

그때가 12월 말경이었다. 선거사무실에 와서 확인해보니 25~50표 정도 상대를 앞선다는 판단이 들었다. 당시 상대 후보자는 나를 말하길 "경비업 경험도 12년밖에 되지 않고 협회 주요 간부 경력도 없다"라고 하면서 전국 단위 거대한 사단법인 한국경비협회를 나에게 맡기는 것은 부적합하다고 공격 수위를 높여가고 있었다.

그러나 나는 상대의 공격에 관심을 두지 않고, 선거공약 중심으로 밤낮 구분 없이 뛰면서 대의원을 4~5회 만났다. 그때쯤 대의원들은 시골 친구 만나듯 구수하게 나를 만나주었다.

드디어 2016년 2월 29일 투표일이 되었다.

1% 가능성에 도전한 경비협회장 선거에서
육군 대령 남호동이 기업 CEO를 거쳐, 처음 도전한 전국 단위 선거에서
당당히 사단법인 한국경비협회 중앙회 회장에 당선했다.

결과는 28표 차 압승이었다. 육군 대령 남호동이 기업 CEO를 거쳐, 처음 도전한 전국 단위 선거에서 당당히 사단법인 한국 경비협회 중앙회 회장에 당선되었다. 부족하나 열정과 용기 하나만 믿고 도와준 원로 고문님, 참모분들 그리고 선거사무실 직원, 저와 함께 전국을 누빈 기사분께 감사하다.

08

.
.

약속을 실천하는 사람

2016년 2월 29일. 나는 전국 단위 1,500개 회원사 15만 명이 종사하는 경비협회 총선에서 중앙회 회장직에 당선되었다. 2016년 3월 16일 취임식을 하고, 업무를 개시하여 현재 임기 마지막 해를 보내고 있다.

경비협회는 42년 전인 1976년, 고(故) 박정희 대통령이 저비용 일자리 창출로 경찰의 부족 인력 충원 차원에서 치안보조 임무와 역할을 담당할 수 있도록 경비업법을 개정했다. 그로부터 2년 뒤인 1978년 9월 21일 경비협회를 만들어 초대회장에 내무부 치안본부장을 역임한 최치환 경찰총수를 임명하였다. 그 후 2대까지 대통령 임명직으로 유지되다가 3대 때부터 선출직으로 바뀌었다. 나는 18대 회장이다.

평생 처음으로 출마한 선거에서 당선되긴 했지만, 나의 당선은 가훈과 사훈인 정직 근면 신뢰를 기초로 대의원들에게 가슴으로 다가가 8개 항의 공약을 제시하고 설득하며 마음의 문을 두드려 신뢰를 얻은 결과이다.

선거전에서 가장 중요한 것은 유권자가 얼마나 신뢰를 하느냐이다. 군인은 국가에 대한 충성심 그리고 적과 싸워 이길 수 있는 용기와 전술기술이 무엇보다 필요하다. 베트남전에서는 강인한 체력과 탁월한 전투기술을 발휘하여 목표를 먼저 보고 쏘면 승자가 될 수 있었다. 전쟁터에서는 신뢰보다는 먼저 보고 먼저 쏘는 전투기술과 용감성 그리고 기만이 필요했다.

선거에 출마하여 당선되는 과정에서 제일 중요한 덕목은 신뢰이다. CEO 관점에서 고객관리와 영업에 적용하는 신뢰와 선거에서 유권자들과의 신뢰는 조금 다른 측면이 있었다. 어쨌든 선거에서는 유권자와 입후보자의 신뢰가 함께 이루어져야 당선이라는 결과를 낳을 수 있다.

나는 20대 초의 젊은 나이에 전쟁터에서 승자가 되어봤고, 50세 때는 은행 그리고 대기업의 준임원급으로 샐러리맨 생활을 해 보았다. 61세에는 KSPN CEO가 되었고, 73세에는 한

2018년 제2차 한국경비협회 중앙회 이사회 전경

국경비협회 중앙회장 선거에 당선되었다. 어느 것 하나 쉽지 않았지만 제일 힘든 것을 꼽으라면 주저 없이 경비협회 회장 선거 과정이다.

나는 한국경비협회 회장에 취임하는 순간부터 경비업체를 운영하는 1,500여 CEO들과 15만 종사자를 위해 무엇을 해야 할 것인가. 독일 사민당의 슈뢰더 총리의 아젠다 2010 계획처럼 변함없이 필요하고 변질되지 않는 정책을 계획하고 어떻게 실행에 옮길 것인가. 그리고 마지막으로 경비업 CEO들이 요구하는 문제점을 어떻게 해결할 것인가를 고민했다.

제일 먼저 실행에 옮긴 일은, 수억 원의 적자 인수금을 재임 기간 중 흑자전환하여 차기 회장의 장기 발전계획에 필요한 종잣돈을 준비하기로 했다. 현재, 협회 재정은 흑자전환 문턱에 있고 종잣돈을 1억 원가량 준비했다. 그리고 협회장 수 대에 걸쳐 요구했던 협회 회원 가입비 100~300만 원의 개별소유권을 어떻게 처리하느냐가 문제로 떠올랐다. 이 문제는 협회를 청산할 때는 회원들에게 개별분담금을 반환한다는 인증서를 중앙회가 발급하는 것으로 여론조사, 이사회 임시총회 등을 거쳐 의결했다. 마지막으로 경비협회 직원들 사무환경 개선에 착수하여 사무실을 쾌적한 환경에서 근무하고, 경비실과 특수경비 교육 실습실을 리모델링하여 최상의 시설에서 우수 교수로부터 교육받을 수 있도록 했다.

  이처럼 회장 취임 후 몇 가지 일을 하는 과정에서 말도 많고 탈도 많았지만 나는 正直·勤勉·信賴를 협회 훈으로 실행에 옮겨 모든 것들을 안착시킬 수 있었다. 나의 임기는 2019년 2월 29일까지로 이제 몇 개월 남지 않았다. 그러나 마지막 순간까지 호랑이의 눈처럼 예리하되, 소의 걸음처럼 신중한4 자세로 일할 것이다. 이것이 일에 임하는 나의 마음가짐이다.

---

4 호시우보(虎視牛步); 호랑이의 눈처럼 예리하되, 소의 걸음처럼 신중하라.

＊＊＊＊＊

내가 살아갈 수 있는 시간은 오직 현재뿐이다.
또한, 내가 잃어버릴 수 있는 것도
오직 현재뿐이다.
이런 현재가 반복되면 하루가 되고
그 하루가 모이면 평생이 된다.

II장

젊은이에게 비전을

언제나 꿈을 꾸는 인생 | 새벽을 지배하는 사람 | 지금 실천하는 사람
지금과 미래만 보고 뛰는 사람 | 진실을 사실대로 말하는, 사귀고 싶은 친구
信賴는, 사회인이 거쳐야 하는 수능시험이다 | 금수저 문화와 고(故) 이병철 회장

01

·
·

언제나 꿈을 꾸는 인생

'나'라는 존재는 세상에 하나뿐이다. 이 세상 어디에도 나와 같은 존재는 없다. 한날한시에 태어난 쌍둥이도 둘이다. 나는 어떻게 형성되고 어떻게 평생을 살아갈까?

나의 형성은 부모님의 유전자로부터 '크고 아름답고 우람하게 등등 복 받은 나'라는 존재로 태어나는가 하면 '키도 작고 몸집도 왜소하고 못생긴, 불행한 나'라는 존재로 태어나기도 한다. 맛있는 음식을 먹고 화려한 옷을 입고 쾌적한 공간에서 잠자는 존재가 될 것인지 아니면 맛 없는 음식과 누더기 같은 옷을 입고 지저분한 공간에서 사는 사람이 될 것인지는 아무도 모른다. 이 세상 하나뿐인 '나'라는 존재에게 부모님이 주신 불가항력의 선물인 환경은 이미 예정되어있다.

그렇다면 시대의 흐름과 인간의 기술에 의해 나의 몸을 바꿀 수 있을까. 환경과 기술의 향상으로 부분적인 개조는 가능하지만, 근본을 바꾸는 개조는 불가능하다.

이 세상의 모든 사람은 누구나 꿈이 있다. 잘났건 못났건 이 세상에 태어난 사람은 그 꿈을 이루기 위하여 개발하고 실행하면서 죽을 때까지 노력한다. 삶을 보람되게 살았다고 생각하는 사람은 자신이 꾼 꿈의 변화에 효과적으로 대응하며 실천에 옮긴 사람이다.

사람들은 꿈을 유아 시절, 소년 시절, 청년 시절, 장년 시절, 노년 시절을 거치면서 수시로 바꾼다. 지금 당장 실현 가능한 꿈을 꾸기도 하지만 아직 실현할 수 없는 꿈도 꾼다. 어떤 꿈은 몽상으로 치부하기도 하고, 어떤 꿈은 자신의 꿈 때문에 회한에 들게 하기도 하고, 또 어떤 꿈은 달콤한 즐거움을 선사하기도 한다. 확정된 꿈이 중요한 것이 아니라 방향성이 중요하다. 런던을 가려면 동서남북 어디든 정하고, 가야만 내가 원하는 곳에 다다를 수 있다. 방향을 잘못 설정하면 가더라도 시간을 낭비하거나 지체된다.

젊어서부터 여러 번 꿈을 바꾸고 장년 시절, 노년 시절 꿈을 구체화하여 그 꿈을 이루기 위해 전력투구하여, 고생을 많이 하고 성공한 사례가 있는가 하면 소년·청년 시절에 조기에 꿈을 구체화하여 한평생, 한길로 실천하여 성공한 사례도 있다.

여러분은 어느 시절에 어떤 꿈을 계획했으며 실천할 것인가?

선택은 여러분의 몫이지만 실행 가능한 꿈을 찾아 노력해야 한다. 그렇게 하기 위해서는 젊은이들은 풍부한 견문에서 솟아나는 비전을, 노인들은 지혜로운 열정을 가지고 아름다운 꿈을 구체화하길 바란다.

저자의 학창 시절에 "소년이여 야망을 가져라(Boy's be ambitious!)"라는 말을 고등학교 국어 선생님이 자주 하셨다. 이 말은 홋카이도 대학의 초대학장이었던 클라크 박사가 고별사에서 한 말이다.

홋카이도의 발전과 대학에 공헌한 클라크의 업적을 기리기 위해 홋카이도와 대학 측에서는 그의 동상을 히쓰지가오카 언덕과 대학의 구내에 세워 놓았다. 대학 안에는 "Boy's be ambitious!"란 문구를 새긴 흉상을 세웠고, 히쓰지가오카 언덕에는 시에서 야망을 좇는 모습을 표현하듯 한 손으로 어딘가를 가리키고 있는 전신상을 세워 놓았다.

홋카이도 대학 초대학장 클라크 박사의 흉상과
Boy's be ambitious! / 소년이여 야망을 가져라!

02

.
.

새벽을 지배하는 사람

지구상 모든 생물체에는 '과거-현재-미래'가 되풀이한다. 특히 인간에게는 '과거-현재-미래'가 삶의 질을 결정하는 중요한 기준이 된다. 과거의 많은 경험 중에는 좋은 일도, 나쁜 일도 있었을 것이다. 꼭 해야 했을 일도, 하지 말았어야 할 일들도 당연히 있었을 것이다. 그렇게 과거의 경험은 삶에 있어서 복습의 기회이다. 현재 즉, 지금은 복습한 일들을 펼쳐나가는 시기이다. 지금 꼭 해야 할 일이 무엇인지 생각해보자.

생각할 때는 돈이 들어가지 않는 일을 먼저 생각하고, 여유가 생겼을 때 추가로 돈이 들어가는 일을 생각하는 것이 순서이다. 힘들이지 않고 개인이 실행 가능한 것부터 적어보면 '과거-현재-미래'를 결정하는 기준이 '시간'이므로 새벽(04:00~06:00)을 지배하는 것이 우선이다.

매일 새벽은 하루를 지배하고, 매주 월요일은 일주일을 지배하고, 매월 일 일은 한 달을 지배하고, 매년 초하루는 일 년을 지배한다.

하루 중, 새벽은 하루의 시작으로 온 세상이 맑고 조용하다. 지금의 꼭 해야 할 일을 결정하여 집중하기에 좋다. 이는 새벽을 지배해 본 사람은 알 것이다. 지금이란 새벽을 지배해보지 않은 사람은 영원히 이 순간의 새벽을 잃어버린다. 새벽을 지배한 사람의 즐거움을 느낄 수 없다.

그래서 나는 평생토록 새벽에 기상하여, 해야 할 일을 머릿속에 정리한다. 하루의 일과를 시작하는 것이 버릴 수 없는 습관이 되었다. 이런 습관으로 인해 덩달아 아내도 부지런히 움직였다. 1970년 12월 17일 결혼한 이후 48년간 하루도 거르지 않고 새벽마다 따뜻한 밥을 지어준 아내 덕분에 나는 건강을 유지하고 일할 힘을 얻었다. 늘 미안하고 감사하게 생각한다.

사람들이 소중히 여기는 '황금, 현금, 소금, 지금' 중에서 무엇이 가장 중요할까? 황금, 현금, 소금은 잃어버렸을지라도 정직, 근면, 신뢰로 다시 회복할 수 있다. 지금 할 일을 놓쳐버렸다면 시곗바늘을 뒤로 돌릴 수 없듯이 다시 찾을 길이 없다. 그러니 문제의 정답은 지금이다.

지금, 이 순간 무엇을 어떻게 일했는지에 따라, 흔히 세상은 성공한 사람과 실패한 사람으로 구분한다. 여기서 성공한 사람은 대부분 새벽을 지배하면서 정직·근면·신뢰 속에 매사를 집중한 사람이라고 뉴스 미디어나 자기 계발 관련 도서에서 이야기한다.

그러므로 독자 여러분은 지금, 이 순간에 성공의 이야깃거리를 만들기 위하여 무엇을 어떻게 해야 하는지, 각자의 환경에 따라 지금이란 순간을 지배해야 한다. 지금 이 순간을 알뜰하게 후회 없이 지내려면 항상 시간개념을 가지고, 새벽을 지배한다면 누구보다 떳떳하고 당당하게 살 수 있을 것이다. 큰 비전을 향해 매진하고 싶다면 새벽과 지금에 대하여 곰곰이 생각하고 행동하는 습관을 익혀야 한다. 저자의 지인이 보내온 편지, 〈살아갈 날들을 위한 통찰〉를 소개한다.

하루하루를
내 인생의 마지막 날인 것처럼 살아라.
마르쿠스 아우렐리우스[5]는 하루를

---

5 마르쿠스 아우렐리우스(Marcus Aurelius Antoninus); 로마제국의 제16대 황제(재위 161~180)로 5

마지막 날인 것처럼 살라고 말한다.

그래야 순간에 충실할 수 있기 때문이다.

내가 살아갈 수 있는 시간은 오직 현재뿐이다.

또한, 내가

잃어버릴 수 있는 것도 오직 현재뿐이다.

우리는 현재만 가질 수 있다.

그 현재를 놓치면

인생 전체를 놓치게 되는 것이다.

이런 현재가 반복되면 하루가 되고

그 하루가 모이면 평생이 된다.

하루가 모여 일생이 된다.

그 하루를 어떻게 다루는지가

전체적인 삶의 모양을 결정하게 되는 것이

인생의 결과와 과정이다.

현제(賢帝)의 마지막 황제이며 후기 스토아파의 철학자로《명상록》을 남겼다. 당시 경제적·군사적으로 어려운 시기였고 페스트의 유행으로 제국이 피폐하여 그가 죽은 후 로마제국은 쇠퇴하였다. (두산백과)

인생의 끝에는 죽음이 있어서

무엇이든 지금 해야 한다.

그것이 최고의 인생을 사는 비결이다.

03

:
:

지금 실천하는 사람

삶에 있어서 소중한 것을 꼽으라면 이 순간, 지금이다.

순간이 쌓여서 나의 행적이 만들어진다. 그것이 좋든, 싫든 과거가 된다. 이 순간이란 현재를 정확하게 인지해야 과거를 조명할 수 있는 기준을 설정하고, 미래의 일을 예상하여 계획할 수 있다. 이 예상이 정확해야 미래를 계획하고 그 계획을 보완하기 위해 목표를 세울 수 있다. 목표가 있는 사람은 행복하다.

실천하는 즐거움은 자기만족을 가져온다. 뿌리가 튼튼해야 힘 있는 만물이 소생하듯이 순간을 불성실하게 생활한 사람은 튼튼한 기초를 세울 수 없다. 기초가 없이는 되는 일도, 안 되는 일도 없이 인생을 허송세월한다. 시곗바늘을 뒤로 돌려놓을 수 없는 이치를 생각하면 지금, 이 순간이 얼마나 소중한지 느낄 수 있을 것이다.

지금에 기초하여 세워진 목표를 실천해야 한다.

아무리 우수한 설계사에 의해 건축설계를 그렸다 한들 건축하지 못한 설계도는 한낱 낙서에 불과하다. 그러니 지금이라는 시대 위에 주어진 목표에 대하여 실천이 이루어질 때 우리가 원했던 것을 완성할 수 있다.

작품의 평가는 지금이라는 시대성과 잘 다듬어진 목표 그리고 실천 의지가 확고했을 때 좋은 평가를 받을 수 있다. 이것을 조화롭게 이루는 것은 보통 사람들이 하기에는 너무 힘들다. 그러나 그 일을 완성하기 위해 힘들면 힘들수록 이를 극복하고 성취하면 자기의 만족은 더 올라가고 가치는 오랫동안 지속할 수 있다.

요즘의 젊은이들에게 "괴로움이나 어려움을 참고 견뎌야 한다"라고 하면 싫어한다. 자고로 인내는 쓰지만, 결과는 달다. 그러나 이 인내를 실행하는 것은 의외로 간단하다.

위 촉 장

KSPN(주)

대표이사 남 호 동

제50회 납세자의 날을 기념하여 평소
국세행정에 많은 관심과 성실납세로
국가발전에 기여하고 사회적 모범이
되는 귀하를 동작세무서 명예서장으로
위촉합니다.

2016년 3월 3일

서울지방국세청장 김 재

동작세무서
명예세무서장   南 浩 棟

아들에게 구하는 것으로 아비를 섬기고

신하에게 구하는 것으로 임금을 섬기고

벗에게 구해준 것으로 먼저 그에게 베풀고

회사원에게 구하는 것으로 사장에게 충성한다.

이렇듯 구하는 대상에 따라 목표에 따라 그 성격이 다르다. 인내는 회사이익 발생에 이바지해야 한다. 회사란 조직을 설립한 이유는 공통으로 조직을 이익창출에 목적을 두고 있다.

이익창출을 위해서는 회사원은 회사이익 발생에 이바지해야 하며 사장이 설정한 목표를 위하여, 지금의 중요성을 인식하고 실천이란 방법을 동원해 매진하고 달성해야 한다.

반면에 회사의 CEO는 회사에서 벌어들인 이익금을 어디에, 어떻게 사용할 것인지를 고민해야 한다. 지출해야 할 항목은 조직원의 급여, 보험, 복지, 세금, 경비가 우선순위이고 다음은 이익금 발생 시, 분배계획이 회사원의 이익금 분배와 사회적 분배가 균형을 이룰 수 있도록 계획을 수립하여 집행해야 한다. 지금 바로 실천하면 앞에서 언급한 아들, 신하, 벗, 회사원 등등 모든 사람에게 칭송의 대상이 되는 CEO가 될 것이다. 장수가 전쟁터에 나가면 용기와 지략이 필요하듯이 CEO도 의사결정의 순간에는 순리에 합당한 용기가 필요하다.

04

. . .

지금과 미래만 보고 뛰는 사람

나는 지금, 이 순간이란 말에 큰 관심을 두고 평생을 살아가고 있다. 앞에서도 말했지만, 황금 · 현금 · 소금 · 지금의 4금 중 '지금'이 가장 중요하다.

황금 · 현금 · 소금을 중요하게 생각하는 사람들은 많다. 황금만능, 현금 제일주의가 사회에 만연하다. 가치와 도덕은 땅에 떨어졌고 돈은 "개 같이 벌어서 정승처럼 사용하면 된다"고 흔히 말한다. 그러나 개는 개일 뿐이다. 개가 정승이 될 수 없는 것처럼, 돈은 성실한 땀의 대가여야 한다. 로또나 일확천금을 노리는 사람은 반대로 사기와 횡령 혹은 신뢰한 사람으로부터 배신이라는 위험을 감내해야 한다. 그런가 하면 지식과 덕망이 있는 사람들은 소금과 같은 사람이 되라고 역설한다.

황금, 현금, 소금은 지금은 없지만 얻으려고 노력하면 얻을 수도 있다. 그러나 '지금'은 지나가 버리면 다시 돌이킬 수 없다. 이렇듯 기회란 영원히 기다려주지 않는 속성을 지니고 있다. 그리고 과거와 미래를 연결하는 소중한 시간이다. 지금을 잘못 관리하면 과거와 미래를 무채색으로 만들고 실패한 삶을 살게 하기도 한다. 과거와 미래의 교량 역할을 확실하게 다져 지금이 얼마나 중요한 역할을 하는지 인지해야 한다.

2015년 7월 27일 국회방송 TV에 강지원 변호사와 건국대학교 정신과 교수가 출연하여 죽음에 관해 대담토론을 하는 것을 우연히 보았다. 토론내용은 생략하고 진행자가 낭독한 시 한 구절이 공감되었다.

"오늘이란 말은 과거와 미래를 연결하는 소중한 시간"이라며 오늘의 중요성에 대해 역설하는 것을 보고 무척 창피했다. 괴테의 말과 크게 다르지 않은, '지금'의 중요성이다. 왜 나는 괴테의 경고에도 한 발조차 진화하지 못했을까 하는 생각이 들었기 때문이다.

지금이란 두 글자를 항상 가슴에 담고 살면서 잘한 일이 지금 이 시대에 적합한가, 그리고 미래에 미치는 영향은 무엇일까, 잘못된 일이 발생했을 때도 지금 이 시대 잘못이 과거사에 어떤 영향을 미칠까 하고 생각했다. '지금'이란 두 글자가 인생에서 가장 중요하며 늘 가슴에 품고 가꾸려 노력했다. 지금이 순간, 순간이 쌓여 과거가 되고, 그 과거와 지금이 나의 미래를 만든다고 하는데……. "군 생활 32년 동안 미래지향적인 목표에만 매몰되어 살았던 것은 아니었을까? 나무의 뿌리도 가지도 무시하고 오직 장군이라는 열매를 따겠다는 생각만 가졌던 것은 아닐까"하고 반성했다.

베트남전에서 화랑무공훈장, 월남 은성무공훈장 등을 받기 위해 사지를 헤매며 국가에 충성했다. 국내에서는 전후방 각지를 28번이나 이사하며 국가와 국민, 국방의 임무에 전념한 결과 삼일장, 보국포장, 대통령표창 등을 받았다.

과거와 지금을 무시하며 오직 미래의 목표인 장군을 향해 노력한 결과, 군에서 출세했다는 장군은 못되었지만 군에서 성공했다는 대령 계급장을 달고 전역했다. 하지만 지금에 와서 나의 군 생활을 돌이켜보면 바보스러웠다는 생각이 든다. 나무의 뿌리도 보고, 가지도 보고, 열매도 보면서 근무해야 했는데, 열매만 바라보고 32년의 긴 세월을 보냈으니 참된 인성이 정립되어 있지 않았던가 보다. 자신의 삶은 외눈박이처럼 보고 살면서 나 자신이 외눈박이인 줄도 모르고 생활했었다.

국가관은 남들보다 뛰어날지 몰라도 자기 성찰은 부족했다는 것을 지금에 와서야 후회한다. 1996년 4월 30일. 32년간의 군 생활을 마치고 전역한 후 은행 3년, CAPS 3년을 각각 근무하면서 뿌리도 보고 가지도 보고 열매도 보는 세상사를 체험으로 익힐 수 있었다.

그리고 2004년 2월 19일 경비회사 KSPN㈜을 직원 2명으로 설립하여 신뢰에 역점을 두고 지금의 중요성을 실천으로 옮기면서 고객으로부터 믿음과 사랑을 받는 회사로 성장, 발전시켜 2018년 7월, 현재 500여 명의 직원과 함께 일하는 중견기업으로 성장시켰다.

이는 지금 이 순간에 충실했던 군 생활 32년에서 터득한 국가관과 명예심의 도움이 컸다. 그리고 가훈인 정직, 근면, 신뢰에 역점을 두고 '지금'이란 두 글자에 충실하게 회사를 운영하여 15년 동안 손익 면에서 한 번도 적자 없이 회사를 운영했다.

나의 인생 철학은 지금의 중요성을 인식하고 과거의 역사에서 깨우침을 배우고 밝은 마음, 밝은 사회를 건설하기 위하여, 직원에게 믿음과 신뢰를 줄 수 있도록 준비하는 것이다.

회사에 위기가 찾아오더라도 직원에게 신뢰를 저버리지 않도록 체납하지 않고, 퇴직금을 안정적으로 보장하는 것이다. 당장 회사가 문을 닫더라도 급여, 퇴직금을 비롯한 복지문제를 해결할 수 있는 자금을 이미 확보했다. 이것을 지키기 위해 지금도 부단히 노력하며 준비하고 있다.

최근에 신문, TV에서 회사가 도산되어 직원들이 거리에서 임금과 퇴직금을 지급하라고 외치는 장면을 종종 본다. 그때마다 나는 목숨을 걸고라도 누군가의 배우자· 자식이며 부모인 그들에게 눈물 나는 고통을 주어서는 안 된다고 생각한다.

지금의 중요성을 인식한다. 아침 6시 30분에, 지금 아무도 없는 사무실 문을 열고 출근하여 늙은이의 열정을 불태우고 있다. 나이가 70을 훌쩍 넘겼고 육신도 젊은이들에게 뒤처져 있으므로, 남들이 잠자는 조용한 시간에 늙은 CEO는 젊은 직원들에게 지금의 중요성을 몸으로 직접 보여 주고 있다. 지금이란 순간의 중요성을 인식하고 지금 할 일을 내일로 미루는 나쁜 버릇은 버려야 한다.

일을 계획하고 실천하는 지금, 이 순간을 소중하게 생각해야 한다. 그러한 습관이 달콤하고 행복한 열매를 취하는데 한 발 다가가게 할 것이다. 이러한 젊은이들이 많아졌을 때, 그러한 열정을 바치는 사회가 기회의 다양성을 확보할 수 있으면

가정이 화목하고 사회가 발전할 것이다, 또한 국가도 더불어
발전할 것이다. 그리고 젊은이 본인도 승승장구하는 자신을
보며 삶의 만족도가 상승할 것이다.

05

.
.

진실을 사실대로 말하는,
사귀고 싶은 친구

좋은 친구, 사귀고 싶은 친구란 어떤 친구일까?

우리가 사는 세상에는 생각에 따라 수많은 친구를 생각할 수 있다. 나의 생각에 좋은 친구이자, 사귀고 싶은 친구는 '자기가 볼 수 없는 곳에 대하여 진실을 말해줄 수 있는 친구'이다.

사람은 본인의 현 위치에서 좌로 $90°$ 우로 $90°$ 합계 $180°$의 앞에 나타나는 사물들은 확실하게 볼 수 있으나 부분적으로는 안 보이는 곳이 있다. 눈 가까이에 있는 코, 입, 귀, 볼 등이다. 그러나 $180°$ 뒤는 전혀 보이지 않는다.

그렇다면 보이지 않는 곳은 어떻게 볼 것인가? 보이지 않는

앞면은 친구나 거울을 통해서 볼 수 있으나, 뒷면은 친구 이외에는 볼 수 없다. 즉, 본인이 볼 수 없는 곳의 궁금증을 풀어 주는 해답은 거울과 친구뿐이다. 그런데 거울은 더도 말고 덜도 말고 그대로의 모습을 진솔하게 보여 주지만, 감정이 없다. 그러나 친구가 보여 주는 것은 본인이 직접 볼 수 없으며 친구의 감정에 따라 그 모습이 감소하거나 증가할 수 있다.

예를 들면 입가에 밥풀이 두 개 붙어 있는데 거울은 그대로를 보여 주지만, 친구는 "밥알이 붙어 있다", "여러 개의 밥알이 붙어 있다", "볼썽사납게 밥풀이 붙어 있다" 등등 다양한 감정표현이 가능하다.

여러분이라면 어떤 친구를 사귀고 싶을까? 나에게 묻는다면 거울 속에 비친 밥풀 두 개를 그대로 말하는 친구를 사귄다.

좋은 친구, 사귀고 싶은 친구는 볼 수 없는 사물을 현실 그대로 말하면 된다. 이야기를 덧붙인다는 것은 본인이 생각할 수 있는 감정을 파괴하는 것으로 생각하여 신뢰가 깨어지기 쉽다. 그러므로 그러한 친구는 본인이 볼 수 없는 곳을 가감 없이 거울 속에 비친 사물 그대로를 보여 주는 친구이다.

좋은 친구, 사귀고 싶은 친구를 주변에 많이 포진시켜놓은 사람은 행복한 사람이다. 이들은 매사에 실패할 확률이 낮다.

좋은 친구, 사귀고 싶은 친구를 진정으로 원한다면 다른 사람으로부터 그러한 좋은 친구, 사귀고 싶은 친구를 찾을 것이 아니라 본인이 주변 사람들에게 좋은 친구, 사귀고 싶은 친구가 될 수 있도록 행동과 마음을 열어주어야 한다. 그렇게 신뢰를 얻을 수 있도록 꾸준히 노력하면 좋은 친구, 사귀고 싶은 친구들의 그룹이 형성되어, 좋은 사회, 좋은 나라가 이루어져 다툼과 분쟁 없이 서로 사랑으로 연결되어 행복한 삶을 살 수 있을 것이다.

06

信賴는, 사회인이 거쳐야 하는
수능시험이다

TV를 통해 뇌물을 받고 쇠고랑을 찬 사람들의 모습을 종종
본다. 죄를 짓고 소환당해 모자나 마스크를 쓰고 포토라인에
선 사람은 그 순간, 몇억을 준다고 한들 무슨 소용이 있을까?
사람들은 그 이상을 내놓고라도 실추된 명예를 찾고 싶어서
허둥거린다. 삶을 먼저 살아온 입장에서 보면 그런 사람들의
삶이 안타깝다.

뇌물을 받아 쇠고랑을 찬 사람, 권력을 악용하여 약자의 권
리를 침해한 사람, 사람의 도리를 벗어나 추한 모습을 보이는
사람은 황금과 현금에 눈이 먼 사람이다. 세상의 순리와 도덕

을 무시하는 물질만능주의자와 법 파괴자들이다. 이 사회를 유지하는데 이들은 방해꾼이자 훼손자들이다, 그 사람이 괜히 미워지고 가여운 생각이 든다.

우리가 사는 생활 속에서는 부의 상징인 황금과 현금, 생활에 없어서는 안 되는 소금과 시곗바늘처럼 되돌릴 수 없는 지금이 존재한다.

공기는 조그만 구멍이라도 있으면 스며든다. 햇빛도 조그만 틈새만 있으면 그사이를 비집고 들어온다. 마찬가지로 마음이 허점을 조금만 보여도 유혹이란 괴물은 그사이를 뚫고 들어오려고 부단히 접근한다. 그러나 마음에 구멍이 없으면 어떠한 유혹도 들어올 수 없다. 주위 환경이야 본인 마음대로 되지 않는 경우가 허다하지만 자기 마음을 잘 다스리는 일은 본인만이 할 수 있다. 주위 환경과는 별개로 바른 생활을 하면서 자신의 마음을 잘 다스리는 일은 자기 관리의 기본이다.

미국의 어느 고고학자가 이집트 상형문화를 평생에 걸쳐 연구했다고 한다. 그 학자는 상형문자를 임종 직전에 해석했다.

"요새 젊은이는 싸가지가 없다"

그리스어로 '성스러운 기록(sacred carvings)'을 뜻하는 히에로글리프는 기원전 3,200년부터 394년까지 약 3,600여 년 동안 사용되었던 고대 이집트의 공식 문자이다. 2,400년 전에 사용되었던 이 상형문자에 남겨 놓을 정도로 '싸가지' 혹은 '버릇없음'이 그 시대의 어른들이 자주 사용하는 말이었던가 보다. 이것이 만고의 진리였던가 보다.

진리는 시대를 초월하여 존재한다. 내가 어렸을 때 숱하게 들었던 "정직해라, 부지런해라"라는 어르신들이 당부한 정직과 근면이란 말을, 살면서 얼마큼 실천하고 있는지 의문이다.

젊은이들도 삶을 살다 보면 어느새 자식들에게 똑같이 주문하고 있는 자신을 발견할 것이다. 참으로 사람의 삶은 변하지 않는가 보다.

정직과 근면이 가정교육의 진리라면 사회생활의 진리는 신뢰이다.

정직, 근면은 본인의 노력한 질과 양을 측정할 수 있지만, 신뢰는 상대방이 측정하는 것이다. 수능시험에 응하고 결과에 따라 대학진학을 지망하는 것처럼. 신뢰는 우리 생활에서 바른 생활과 마음을 잘 다스려 좋은 평가를 듣는 것으로 남이 부여하는 것이다. 통과의례를 거쳐야만 한 단계 성장하는 것처럼 이 덕목을 잘 지키면 신용사회에서 더 나은 생활을 영위할 수 있다.

고등학생이 수능시험을 보고 몇 등급을 맞느냐에 따라 어떤 대학과 학과를 진학할 수 있느냐를 가늠할 수 있는 것처럼, 사회생활에 있어서 신뢰를 받는다는 것은 모든 시작을 원활하게 한다.

이 신뢰는 신뢰자나 신뢰의 대상 모두게 자발성을 전제로 한다. 그리고 궁극적으로 협조하게 한다. 정직하고 근면하여 누군가에게 신뢰받는다는 것은 자신의 삶을 지치지 않게 한다.

일월오봉도〈日月五峰圖〉

07

금수저 문화와 고(故) 이병철 회장

언제부터인가 부모의 부를 바탕으로 서울 강남 일대에서 퇴폐적인 소비문화를 즐기는 부유층 2세 젊은이의 생활이 매체에 사회문제로 대두하곤 했다. 우리나라에서 금수저, 은수저, 흙수저라는 수저론이 매스컴에 등장하면서 많은 젊은이가 물질만능주의 현상에 대한 냉소적인 반응을 보였다.

경제가 발전하여 부유하고 여유로운 삶을 영위할 수 있는 계층이 많아졌다. 이는 한국 사회의 또 다른 가치관의 변화를 가져왔다. 금전만능 주의가 단적으로 표출되고 있는 사회현상 중 하나가 금수저 논이다. 이러한 언론매체의 영향으로 초등학생들까지도 금수저 족에 대하여 냉소적이다.

하지만 부는 세습되는 것이 아니다. 부를 갖춘 사람이 나의 기회를 박탈하는 자도 아니며 심지어 나의 경쟁자도 아니다. 금수저는 태어나는 것이 아니라 만들어지는 것이다.

얼마 전 빈센트 브룩스(Vincent Keith Brooks) 한미연합 사령관은 우리나라 육군협회 초청 조찬모임 연사로 나와 한국의 젊은이들이 새겨들어야 할, 아주 의미 있는 말을 했다.

"더 높이 보고, 넓게 생각하라."

그는 국제화 시대에 유능한 인재의 조건으로 생각의 폭을 넓히라고 했다. 지금 세계는 시대 상황이 많이 변하고 있다. 이 말에 전적으로 공감한다. 높이 보고 넓게 생각하면 꿈은 이루어진다고 하지 않았던가. 변화하는 시대에 기회가 있다. 태어날 때의 환경과 성장, 취업 그리고 창업에 이르기까지 나의 삶 또한 그러하지 않았던가.

강원도 동해안 주문진에서 소상공인의 8남매 중 셋째로 태어나 초등학교와 중학교 시절에 경험한 일이다.

'16.11.4 브룩스 한미연합사령관 조찬강연회

선친은 목재상이었다. 대관령 일대에서 나무를 베어 나무 전봇대와 철로의 침목을 만들 재료로 판매했다. 인부 사, 오십 명이 소달구지를 끌고 와 우리 목재상을 수시로 들락거렸다. 그러다 6·25가 일어나자 토지소유권이 개인에서 국가로 넘어간다는 소문이 떠돌자 선친께서는 대관령 일대의 광활한 임야를 헐값으로 급하게 매각했다. 전쟁이 끝나자 이번에는 주문진 항구에서 명태를 사들여 서울 동대문 시장에서 경매로 넘겼다. 목재상과 생선 유통업, 성공과 실패를 반복했다.

어린 시절 이러한 과정을 지켜보면서 선친의 강인한 정신력을 배웠다. 선친은 오징어 건조업으로 전환하여 어려운 환경 속에서 그나마 안정된 생활을 할 수 있었다.

강릉고등학교는 주문진에서 50리(20km), 통학하기엔 먼 거리였다. 다행히 강릉에서 부유층 자제를 가르치는 입주 가정교사로 숙식과 학비를 해결할 수 있었다. 이러한 과정에서 자립정신과 하면 된다는 꿋꿋한 신념을 가질 수 있었다.

강릉고등학교를 졸업하고 육군 사관학교를 목표로 세웠다. 그러나 성적도 문제였지만 심한 축농증으로 고생하면서 육사 지망을 포기했다. 그러다 선친께서 하셨던 사업가의 길을 택해 꿈을 키웠다.

당시 나는 우리나라 최고 부자인 삼성그룹 이병철 회장님을 만나 돈 버는 방법을 배워야겠다고 결심했다. 1964년 봄, 집요하게 조사한 이병철 회장님의 자택 주소를 알아내어 무작정 서울로 상경해 장충동 집을 찾아갔다. 새벽 시간 찬바람이 세차게 불었지만 3일 연속 똑같은 시간에 초인종을 눌렀다.

이상하게 여긴 정원사가 '젊은이 왜 또 왔느냐?'고 말을 걸어왔다.

"이병철 회장님께 드릴 말씀이 있습니다"

그러나 이병철 회장은 부재중이었다. 나의 막무가내 방문을 저지하기 위해서인지, 아니면 쓸데없는 나의 노력이 안쓰러웠는지 정원을 관리하던 할아버지가 넌지시 일러주었다.

"회장님, 일본 가셨다 … 한동안 그곳에 머무실 거 같다."

"아니, 왜요?"

"난들 알겠느냐! 분명한 것은 매년 연초에는 사업구상차 일본에서 머무신다."

낙심하여 앞길이 보이지 않았다. 서울~강릉 비포장도로를 버스로 8시간을 달려 주문진으로 돌아왔다. 돈도 없이 거지 같았던 서울 생활 3일. 벗어놓은 속옷에서 이가 바글바글했다. 놀란 어머님께 엉뚱한 변명으로 사실을 감추었다.

집의 우물에서 씻고 돌아와 방에 누우니 선친께서 늘 강조하셨던 말씀이 강하게 머리를 때렸다.

"세상에 불가능이란 없다. 하면 된다는 자신감으로 정직하고, 근면하면 성공할 수 있다."

정신이 번쩍 들었다.

"희망을 살리자"

눈 돌리면 피안이라 하지 않았던가. 지금 생각하면 무모했지만 절박한 심정으로 면도칼을 이용해 혈서를 썼다. 혈서 제목은 인내(忍耐). 몸종이라도 좋으니 시골 청년의 취직을 부탁한다는 내용을 담았다. 그러나 이병철 회장님은 답을 주지 않았다. 10일 간격으로 3번이나 등기 편지를 보냈는데도 답은 오지 않았다. 무작정 기다리던 편지는 오지 않고 입대하라는 소집영장을 집배원이 가지고 왔다.

논산훈련소에서 6주간 기본훈련을 받고 자대 배치를 받았다. 그렇게 군 복무를 하던 중, 어느 날 눈이 번쩍 띄었다.

'육군 갑종장교 206기 선발시험 공고'였다.

식당 게시판에 공고물이 큼직하게 보였다. 금수저로 태어나지도 않았고 나름대로 정성 쏟았던 삼성그룹 이병철 회장은 아무런 반응이 없으니 새로운 결심이 필요했다.

"남 탓하지 말고, 내 힘으로 살아보자"

장교시험 자격은 무난했으나 신원보증은 폭넓은 삶을 산 선친의 도움이 필요했다. 고향 집 이웃에 사는 육군 중장이 보증

한 신원보증서를 제출했다. 1967년 4월 1일 자로 장교로 임관하여 육군 백골 사단 22연대 소대장으로 발령받았다. 그러던 중, 1968년 7월 6일 베트남전에 참전하여 백마 사단 28연대 1중대 3소대장으로 복무했다.

화랑무공훈장, 월남 은성무공훈장, 국방부 장관 무공표창장을 받고 국가와 민족을 위해 헌신했다. 귀국 후 중대장, 대대장, 육군본부 진급 과장, 연대장, 3군사령부 본부사령, 육군본부 능력개발과장, 39사단 작전 부사단장을 끝으로 1996년 4월 30일 32년간의 군 복무를 마치고 명예롭게 군에서 전역했다. 그때 나이 53세였다.

전역 당시, 자녀는 1남 2녀였다. 모두가 한참 돈 지출을 많이 해야 하는 대학생이었다. 경제적 부담이 많았다. 기술은 없고, 사회 현실도 모르고… 마땅찮았다. 새로운 돌파구가 필요했다. 그러던 중 비상계획관 시험 정보를 보았다. 대령 출신 대상이라고 한다. 수소문하여보았더니 6개월 정도 시험을 준비하면 된다고 해서 쉬엄쉬엄 공부했다. 결과는 낙방이었다.

'포기란 없다'

처음부터 다시 시작했다. 꼬박 1년을 외부와 연락을 완전히 끊고 시험공부에만 몰두했다. 하루에 모나미 볼펜 두 자루를 소모하면서 손가락에 물집이 생기도록 죽기 아니면 살기로 쓰고 외웠다.

시험을 보는데 '이 정도 출제문제라면'하고 자신감이 생겼다. 시험결과는 1등이었다. 갈망했던 은행의 안전관리 실장이 되었다. 덕분에 삼 남매의 대학 학업은 순조롭게 마칠 수 있었다. 그리고 바로 우리나라 경비업계 최고 업체라 할 수 있는 CAPS에서 스카우트 제안이 들어왔다. 3년 임기 상임고문으로 근무하면서 경비업 전반에 관한 업무도 배우고 삼 남매를 결혼시켰다. 현재, 삼 남매는 대기업의 중견 간부로 일하고 있다.

소년 시절엔 부유하게 살았지만, 학창시절 특유의 꿋꿋한 신념으로 학비와 생활비를 스스로 해결했다. 그러나 취업하기에는 여의치 않았다. 이병철 회장님의 대문은 열리지 않았고 희망했던 삼성그룹 취업도 기대할 수 없었다.

하지만 앞길은 하나만 있는 것이 아니다. 내가 할 수 있는 일을 찾아서 대한민국 육군 장교가 되었다. 국가와 국민을 위해 32년간 목숨 걸고 헌신하고 봉사했다. 53세에 군을 예편하고 직장생활을 8년 했다. 은퇴 나이 61세에 경호 보안 인력파견 전문회사인 KSPN(주)을 창립했다.

KSPN(주)의 직원들은 어려운 환경에서 근무하고 있다. 대기업과 비교하면 여러 면에서 열악하다. 경비원, 미화원, 운전기사, 파견 사무직, 생산직 사원 등 여타 직장보다 이직률이 높다. 그런데도 연 매출 150여억 원, 근무 직원 500여 명의 중견기업이다.

경영 12년째 되는 해, 새로운 변화가 찾아왔다.

사단법인 한국경비협회 중앙회 회장 출마 권유였다.

한국경비협회는 전국 시도단위 9개 지방협회, 1,500개 회원사, 15만 명의 종사원이 근무하고 있는 우리나라 40년 전통의 민간경비업의 총 본산이다. 평상시 한 번도 생각하지 않았던 일이었다. 협회 원로, 고문단, 지방협회 회장단에서 적극적인 권유가 있었다. 어려운 여건이지만 도전하기로 했다.

서울과 지방을 열심히 다녔고 많은 대의원을 찾아가 대화했다. 협회의 체질을 개선하고 혁신해야 한다는 일념으로 소통과 화합을 위해 새로운 도전 목표를 세웠다.

2016년 2월 29일 한국경비협회 제38차 정기총회, 중앙회장 선거에서 큰 표 차이로 당선되었다. 그리고 3월 16일. 취임식을 치렀다.

금수저로 태어나지 못한 것을 원망하고 불평했다면, 제 삶의 작은 성취와 보람을 느낄 수 있었을까. 항상 꿈을 실현하기 위해 노력하지 않았다면 대령 예편이라도 했을까. KSPN(주) 대표와 한국경비협회 중앙회장, 이러한 자리를 누가 그냥 하라고 주었겠는가?

금수저는 본인이 스스로 만드는 것이다. 우리 속담에 "한 술
에 배부르지 않다."라는 말이 있다. 성실한 자세로 희망을 품고
눈높이에 맞추어 자신의 직분에 매진했으면 한다. 정직(正直) ·

근면(勤勉)·신뢰(信賴)를 바탕으로 호시우보(虎視牛步)의 자세로 꾸준히, 그리고 묵묵히 실천하는 것이 중요하다.

앞줄 좌부터 강릉고 총동문문회장, 예) 육군 소장, 강릉시장, 예) 육군 대장, 예) 육군 대장, 전) 국무총리, 한국경비협회 중앙회 18대 회장, 역대 한국경비협회 중앙회 회장단

우리에게 지금은 인생을 정리해야 하는 시기이다.
살아온 시간보다 살아갈 날이 더 짧다.
이러한 물리적인 시간보다
우리를 더 힘들게 하는 것은
심리적인 시간이다.

:

III장

노인에게 열정을

01

:
:

아파트 두 채 가진
수레 할머니의 소확행

역사는 과거에 머문 시간이 아니다. 역사는 현재의 거울이며 미래의 희망이다. 그런 뜻에서 어제를 생각하고 오늘을 체험하고 미래를 고민하면, 떠오르는 아침 태양처럼 온 세상을 밝히는 좋은 생각이 떠오를 것이다. 이때 어떤 것을 선택해서 추진할 것인지 구체화해야 한다.

포기하지 않아야 한다. 끊임 없는 용기와 하고자 하는 열정으로 자신의 삶을 정직(正直)하고 근면(勤勉)하게 유지하면 언젠가는 그 생각을 이룰 수 있다. 그 과정에서 달콤한 열매만 좇지 말고, 쓰고 맵고 짜고 신 열매를 먹으면서 인내를 키워야 한다. 이렇게 다양한 맛을 본 사람은 나이가 들어도 '고집'과 '편집증'이 있다는 지적을 받지 않는다. 시련을 극복하고 살아가는 방법을 터득하면 쉽게 무너지지 않고 청춘 시절에 꾸었던 꿈을 이룰 것이다.

그렇다고 우리가 마냥 젊다는 것은 아니다. 청춘 시절처럼 무턱대고 꿈을 꾸며 살 수는 없다. 이미 젊은 날의 시간은 지나갔고 우리의 몸에서 근육량은 줄어들고 있다. 머리의 신경세포 또한 축소되고 있다. 그러나 우리는 경험이란 것을 축적했고 삶의 환경에 관한 이해력을 바탕으로 판단력이 빨라졌다.

이제는 소확행을 이행해야 할 때이다.

소확행이란 일상에서 느낄 수 있는 작지만 확실하게 실현 가능한 행복, 또는 그러한 행복을 추구하는 삶의 경향이다. 크지만 성취가 불확실한 행복을 추구하기보다는, 일상의 작지만 성취하기 쉬운 소소한 행복을 추구하는 삶의 경향이나 그러한 행복이다.[6] '미닝아웃(Meaningout)', '케렌시아(Querencia)' 등과 더불어 서울대 소비트렌드분석센터에서 2018년 대한민국 소비 트렌드로 선정했다.

자신의 경험과 능력에 걸맞은 일자리를 찾다 보면 생각보다 일할만한 곳이 많다. 젊은이는 비전과 국가, 사회, 가문의 역

6소확행; 네이버 지식백과

사에 헌신, 봉사하겠다는 신념을 가지고 일자리를 찾으면 작은 소망이 큰 소망으로 바꿀 수 있다. 노인은 건강과 경험한 지식, 기술에 기초하여 눈높이를 맞추면 일자리가 곳곳에 숨어 있는 것을 보게 될 것이다.

공무원, 기업, 연구소 등의 근무자는 60세가 되면 정년이라는 핑계로 자리 밀림을 경험한다. 각종 직장에서 정년까지 근무했으면 1차 관문인 청·장년 시기에는 크게 성공한 것이다.

그러나 현실은 어떤가?

성공이란 영원불변하는 것이 아니다. 그 경험과 자리가 평생을 이어주는 것도 아니다. 그렇다고 금이 나오는 요술 방망이도 아니다. 그저 삶이란 과정이자 순간일 뿐이다.

올해 4월 말경. 세계 최장수 일본 여성이 117세로 세상을 떠났다고 뉴스로 소개되었다. 이 분의 나이를 기준으로 한다면 정년을 맞이한 사람들은 50~60년을 더 살아야 한다. 현재 일본은 100세 이상 노인 인구가 6만 명이고, 10년 후에는 60만 명에 이를 것으로 전망한다.

그러면 어떻게 사는 것이 바람직한 노인의 삶일까? 먼저 젊었을 때의 마음을 접고 본인이 건강하고 가정에 피해를 주지 않아야 한다. 그리고 이웃으로부터 사랑받으면서 독립적인 삶을 즐겁게 가꾸어야 한다.

정년을 맞이한 사람 대부분이 부모 봉양 및 생활비 지원 그리고 자식 교육비, 사업실패 등으로 자본을 축적할 여유가 없었다. 그러다 보니 앞으로 50~60년이란 긴 시간을 살아가는데 필요한 돈은 축적할 틈이 없었다. 이제야 일자리를 찾아보지만, 적당히 돈을 벌 수 있는 일거리가 없다. 지나온 삶이 허망하여 탄식과 한숨 속에서 살다 보니 잡병이 찾아와 심신이 고단하다. 그러다 보면 이웃과 친인으로부터 미움받고 가족에게 부담이 되어 냉담하고 참혹한 죽음보다 어려운 삶을 산다.

정년 후, 제2의 삶을 가꾸기 위해 본인의 건강과 60년간 체험한 경험과 지식 등을 활용할 수 있는 일자리를 찾아야 한다.

나의 주 활동지는 서울 동작구이다. 내가 운영하는 KSPN(주)의 사무실이 그곳에 있다. 추운 겨울날 새벽, 장승배기 언덕길에 할머니가 폐지와 폐박스를 가득 실은 손수레를 끌고 올라오셨다. 고물상에 판매하러 가시는 길인가 보다. 손수레를 밀어주고 따뜻한 해장 국밥을 먹을 수 있게 5,000원을 드렸다. 나의 출근과 할머니가 폐지를 팔러 가는 시간이 비슷했던지 2~3년 동안 폐지 줍는 할머니와 종종 마주쳤다.

어느 날, 직원들과 점심 차 이동 중 손수레 할머니를 만났다. 내가 뒤에서 밀어주니 직원들이 달려들어 함께 밀어주었다. 언덕이 끝나자 한 직원을 불러 자네가 이 손수레를 끌고 가서 고물상에서 얼마를 받는가 확인하라고 했더니 4,300원 정도 받았다고 한다. 며칠 후, 사무실 미화원 할머니에게 손수레 할머니 이야길 했더니 말이 끝나자마자 반문을 한다.

"사장님 지원하지 마셔요. 그 할머니 아파트 두 채 있어요. 그 수입으로 부자처럼 지낼 수 있다고요."

한참을 생각했다.

70대 할머니가 폐지와 폐박스를 찾아 이른 새벽부터 거리를 헤매면서 무슨 생각을 했을까. 그 과정이 고역이었을까. 먹고 살 만한데도 지금의 일을 놓지 않았던 이유가 무엇일까. 할머니가 매일 새벽길을 더듬어 종이를 줍고 폐품을 찾아야 했던 이유가 있을 것이다. 그 이유가 무엇이라고 할지라고 그가 가진 소망은 있었을 것이다. 하여튼 그는 부지런했다. 그 소망을 실현하는 방법이 지금의 일밖에 없다면, 그 꾸준한 모습이 아름답지 않은가. 저 할머니야말로 자신의 삶에서 치열하게 소확행을 추구하고 있다.

얼마나 자신의 삶에 충실한 모습인가. 이 할머니처럼, 자신의 삶을 꾸준하게 가꾸는 나이 든 사람은 의외로 많았다. 하는 일이 사람의 행복지수와 무슨 상관인가. 소소하지만 확실하게 자신의 행복을 일구는 사람은 누구나 아름답다.

소확행을 행하는 은퇴자 경비원과 손수레 할머니

그러한 사람은 어디에서나 있다. 가까이 함께 생활하는 사무실 빌딩에서 경비하시는 분도 그런 사람이다. KSPN(주)에서 경비원 모집 공고를 냈더니 은행지점장 출신이 응모했다. 경비원을 지원한 이유를 물었더니 그가 말했다.

"스스로 열심히 일해서 손주들 용돈을 주고 매일 규칙적인 생활과 건강을 유지할 수 있으니 얼마나 좋아요."

그는 지금까지 모범경비원으로 근무하며 퇴직금을 쌓아가고 있다. 그는 항상 친절하고 성실하다.

100세 시대를 살아가고 있는 노인들은 과거의 찬란했던 자신을 흔히 회상한다. 그러나 현재와 미래를 위해 작지만 확실한 꿈을 꾸며 그것을 가꾸었으면 한다. 남아 있는 50~60년의 세월이 더욱 유쾌하고 행복했으면 좋겠다.

02

⋮

노인은 이 사회의
짐이 아니라 자원이다

　노인 인구가 늘어나면서 이 사회는 부양에 대한 걱정으로 노인을 짐처럼 여긴다. 그러나 노인 문제는 바라보는 시각에 따라 짐이 아니라 자원이다. 이 문제의 연구발표 내용도 어떻게 하면 노년을 활동적으로 생활하고 직업을 갖도록 하는가에 초점이 맞추어졌다.

　나이 70은 인생 내리막의 종점일까. 아니다. 아직 호기심이 남아 있고 꿈과 희망을 안고 있다면 나이쯤이야 무슨 문제인가. 서울대 동창회보에 실린 노년의 건강을 위한 '1無 2少, 3多, 4必, 5友' 전략을 소개한다. 없애야 할 것 한 가지, 줄여야 할 것 두 가지, 늘려야 할 것 세 가지, 반드시 해야 할 것 네 가지, 그리고 몸에 익혀 벗으로 삼아야 할 것 다섯 가지이다.[7]

1無-담배를 끊어라

없애야 할 것 한 가지가 바로 담배다. 담배를 피우면서도 90세 이상 장수한 사람은 많다. 그러나 여러 의학적 근거로 볼 때는 담배를 끊는 것이 옳다. 담배의 독소는 그 무서운 여러 가지 암의 원인이라지 않은가.

2少-식사량과 음주량을 줄여라

식탐은 비만을 낳고 모든 성인병의 원인이 된다. 과일과 채소 위주로 먹되, 먹는 양을 줄이는 것이 장수의 비결이다. 마시는 술의 양도 많지 않도록 절제해야 한다. 폭주는 뇌세포를 손상시켜 치명적인 뇌질환의 원인이 될 수 있다.

3多-운동, 접촉, 휴식을 늘려라

어떤 운동이든 한 가지는 매일 하는 게 있어야 한다. 신체적으로 활동이 자유로워야 삶이 즐겁다. 접촉이란 다른 사람, 다른 일과 직면하는 것이다. 사람이 사회적 접촉을 유지하는 것

---

7 (13년 10월 15일. 서울대 동창회보. 건강관리 원 포인트). 건강 박사 유태중의 9988 건강습관에서.

은 '인간세계'로부터 소외되지 않기 위해 필수이다.

휴식은 피로가 쌓이는 것을 막기 위해 필요하다. 피로가 만병의 원인이라는 점을 생각하면, 아무리 할 일이 쌓였더라도 건강 유지를 위한 휴식은 많을수록 좋다.

4必-걷고, 배우고, 즐기고, 웃어라

매일 한 시간을 걸으면 결코 아파 눕는 일이 없다. 특히 공기가 맑은 새벽 시간, 나무가 많은 숲이나 공원을 걸으면 더욱 좋다.

배움에는 정해진 나이가 없다. 노인대학이나 문화센터, 또는 사설학원이라도 목표를 향해 정해 놓고 무엇이든 배우면 늙을 틈이 없다.

웃음은 스트레스를 해소하고 인생을 즐겁게 하는 활력소이다. 억지웃음이라도 웃으면 정말 웃게 되고, 정말 웃으면 긍정적인 기운이 솟아난다. 또 긍정적인 마음은 행운을 불러온다.

5友-자연, 친구, 책, 술, 컴퓨터를 가까이하라

자연 속에 건강과 젊음이 있다. 마음을 열고 대화를 나눌 수 있는 친구. 시대와 공간을 초월해 소통을 나누는 책은 정신과 마음을 윤택하게 한다. 술은 즐거움을, 컴퓨터는 이 시대를 가깝게 하자는 의미다.

우리는 인간의 한계수명이 120세가 되는 전환기에 살고 있다. 노인의 살아야 할 미래는 앞으로 멀고도 아득하다. 살아온 세월만큼이나 보내야 할 시간이 많이 남았다. 지난날 의기양양했던 젊은 시절을 상기하면서, 앞으로 남아 있는 긴 세월을 다시 그릴 때이다. 나와 같은 동년배들은 8·15광복, 6·25전쟁, 4·19 혁명, 5·16 쿠데타, 10·26 박정희 대통령 시해 사건, IMF 외환위기, 박근혜 대통령 탄핵 등등…. 격동의 세월을 살았다. 그러나 우리는 반만년 역사상 처음 맞이하는 풍요로운 시대를 보내고 있다. 아직도 보내야 할 시간이 많이 남았고, 하여야 할 일도 많다.

손자·손녀들에게 멋진 할아버지로, 할머니로 기억될 수 있도록 노인들은 미래를 향한 청사진을 새롭게 그려야 한다. 누군가를 위한 삶이 아니라, 나 자신을 위한 확실하고 소소한 행복을 찾았으면 한다.

03

.
.

은퇴 후, 50년을 일해야 행복한 시대

청년실업자에 관한 관심이 극에 달하고 있다. 도지사·광역시장·서울특별시장·대통령 선거에서 국민이 원하는 것은 청년실업률 감소가 1순위이다. 여기에 화답하는 입후보자들은 청년실업률 증가를 어떻게 해결할 것인지 선거구 주민에게 장밋빛 공약을 남발한다.

청년취업률이 감소하는 가장 큰 원인은 청년 인구의 증가하는 만큼 청년 일자리가 증가하지 못하기 때문이다. 세계 인구 증가 추세를 보면 1804년 10억 인구가 2011년에 70억으로 증가했다. 그런데 70억 인구가 생존할 수 있는 땅은 1804년

년도		1804	1927	199	1974	1987	1999	2011	2050
인구수(억 명)		10	20	30	40	50	60	70	90
증가	연차	1	123	32	15	13	12	12	39
증가인구		0.8억	1억	10억	10억	10억	10억	10억	20억

세계인구 증가추세(매일경제신문. 2011.10.31.)

10억 인구가 살고 있던 때와 같다.

인류는 좁은 공간에서 많은 일자리를 창출하면서 살아왔
다. 최근에는 12년에 10억씩 인구가 증가하고 10억 인구가
기아에 허덕이고 있다. 그 규모는 인도·중국의 전체 인구수
와 맞먹는다.

사회문제가 될 수밖에 없는 사항이다.

청년취업률 증가를 위하여 중앙정부나 지방자치단체 차원
에서 수많은 정책을 만들어 청년 일자리를 창출하도록 노력
했다. 그러나 표에서 보는 바와 같이 인구증가율이 최근 12년
마다 중국이나 인도의 인구와 맞먹는 10억씩 증가했다. 사람
이 살아가는 터전인 땅의 면적은 변함이 없으나 기술적 측면
에 의지해 일자리를 늘려왔다.

국토확장 작업인 간척지 개발과 해수면 매립으로 땅을 확장

하는 정책을 시행하였으나 그마저도 만만한 일은 아니다. 이것마저도 일자리 문제를 해결하지 못했다. 인위적인 정책으로는 해결에 한계가 있을 수밖에 없다.

인구증가 추세를 분석하여 보면 크게 2가지로 분류되는데 하나는 1974~1987년 사이 다산으로 세계인구가 12년에 10억씩 증가했다. 그러나 1999~2011년 사이 산아제한으로 세계인구가 점차 감소하여 2050년에는 39년 만에 20억 명 증가하는 데 그칠 예정이다. 그럼에도 세계인구는 1804년 10억에서 2050년이면 90억 명까지 늘어났다.

노령인구의 증가도 문제이다. 속설에 의하면 과거에는 사람이 태어나서 20년은 학문 터득하는 기간이고, 20년은 왕성한 활동기였다. 그리고 20년은 노후안정 생활 기간이었다. 그러나 현재는 사람이 태어나서 20년은 학문을 터득하는 기간이고 30년이 왕성한 활동 기간으로, 과거보다 10년 늘었다면 20년은 노후안정 생활 기간이다. 미래에는 사람이 태어나 20년은 학문 터득하는 기간이고, 또 왕성한 활동 기간이 10년 늘어, 40년이라면, 노후안정 생활은 20년 늘어 40년을 보내야 하는 100세 시대에 돌입한다.

이런 추세라면 현재와 미래를 고찰하여 보면 무노동 노령인구가 전체 인구의 20%라고 걱정하면서 대책은 미약하다. 현재 인구통계를 보면 20대 청년 수와 65세 노령층 인구가 대등한 수준이며 미래에 가서는 노령층이 청년층을 앞지른다.

이러한 문제를 해결하기 위하여 노력했으나 그 결과는 시원치 않다. 노령층에 대한 일자리 창출이 심도 있게 연구되지 않으면 10억 인구의 기아현상에서 벗어나기 어렵다.

인간의 본래 수명은 120살에서 125살이라고 한다. 이러한 이유는 인간의 뇌가 성장하는 시기가 25년이라면 이 성장 기간의 5배가 인간의 본래 수명이라고 한다. 그러나 사람이 이러한 수명을 다 누리지 못하는 이유를 식생활에서 과식, 스트레스로 인한 성인병, 편의개발로 인한 부족한 운동량, 밤낮을 거꾸로 사는 생활, 뇌의 플러스 발상으로 꼽고 있다.[8] 그러나 개인의 노력과 의술의 발달로 인간의 수명은 계속 연장될 것이다. 그렇다면 이러한 문제를 해결하기 위한 대책은 무엇일까?

첫째, 산아제한과 기술발전 그리고 국토확장 정책은 꾸준히 발전시켜 나가야 한다.

둘째, 미래에 청년 인구를 넘어서게 되는, 소외된 노령인구에 대한 정책발굴을 집중적으로 시행해야 한다. 전체 인구의 20~30% 달하는 노령자들 취업실태를 정확히 파악하여 통계

---

8 국방일보 2010.02.22. 인간의 본래 수명

유지하고 매스컴에서 적극적으로 홍보할 필요가 있다.

세계 인구증가 추세와 인간의 본래 수명의 도표를 보면 알수 있듯이 청년 인구보다 증가하고 있는 노령자의 일자리 창출에 대하여 정부 차원에서 적극적으로 정책을 전개해야 한다. 노령자들 자신은 무덤에 가는 순간까지 평생교육을 받으며 새로운 일을 할 수 있는 역량을 배양하고 돈·친구·사랑을 획득할 수 있다는 희망을 갖게 해야 한다.

우리는 100세 시대를 넘어 인간의 본래 수명인 120세 시대를 준비하며 살아야 한다. 태어나서 20년은 학문을 터득하는 기간이고, 40년은 왕성한 활동 기간에 25년을 연장하여 85세까지 일선 사업장에서 일해야 한다. 이것이 우리가 구축해야할 미래이다.

100세 시대를 사는 나는 60세 초반에 KSPN(주)을 창업해서 열정적으로 운영했다. 내 삶의 마지막 장에서는 쉬면서 후손들에게 덕담도 전하고 용돈도 줄 수 있는 삶을 위하여 75세의 나이에 지금도 새벽에 기상하여 저녁까지 하루도 거르지 않고 일한다.

인생은 70부터라는 말을 TV나 신문에서 종종 본다. 이 말을 들으면 흥이 난다. 일이 생각대로 이루어지지 않을 때, 믿었던 사람이 신뢰를 저버릴 때, 나의 몸이 마음만큼 움직여지지 않을 때, 나는 지금 당장 해야할 일이 무엇인지 하나하나 환기한다. 그리고 해야 할 일에 관한 열망이 용솟음친다.

04

·
·
·

20대처럼 도전하는 60대

건강과 삶을 돌이켜 보면 20대는 제대로 아는 게 없어서, 40대는 모든 일이 정점에 올랐지만 교만해서, 60대는 경험을 통하여 모든 일을 제대로 할 수 있는 능력은 있으나 '지금'이란 기회를 잡지 못해서, 80대가 되면 체력이 예전만 못해서 하고자 하는 일을 제대로 할 수 없다.

우리 역사 중, 지금이 가장 풍요롭고 문화적인 생활을 할 수 있는 시기이며 세계의 70억 인구가 100세 시대를 눈앞에 두고 있다.

100세 시대라고 하면 100세까지 사는 것도 중요하지만 20

년을 병상 생활한다면 무슨 의미가 있을까. 이에 우리는 건강을 팔팔하게 장수할 수 있도록 유지해야 한다. 노년의 삶은 건강하게 장수하는 것임을 인지하고 건강관리에 신경 써야 한다. 죽는 날까지 친인척과 주변 지인에게 부담과 고통을 주지 말아야 한다. 건강하고 유쾌하게 살다가 살아온 날에 관한 애정과 보람으로, 잔잔한 미소를 띠고 홀쩍 저세상으로 떠날 줄 아는 사람이 되었으면 한다.

매스컴은 롯데그룹 왕자의 난, 신○○과 신○○ 형제의 경영권 다툼으로 시끄러웠다. 그룹을 일으킨 신○○ 회장은 20대 젊은 나이에 일본으로 건너가 40대 60대 80대까지 천재적인 재능을 가지고 열정적으로 롯데그룹을 굴지의 기업으로 성장시켰다.

그러나 2015년 7월 94세의 신○○ 회장은 체력도, 정신력도 예전만 못해서 두 아들의 다툼을 매끄럽게 평정할 힘이 없었다. 결국 매스컴을 통해 그들 형제의 싸움을 온 국민에게 적나라하게 보여 주었다. 누구도 넘보지 못할 부를 축적했지만, 신○○ 회장은 건강과 인생살이에 실패하여 눈앞에서 두 아들의 다툼을 봐야 하는 신세에 처했다. 이런 신 회장의 모습을 보면서 세상사가 '다 그렇지'라고 하면서 한편으로 안타까운 마음과 재산 분배에 관하여 조금 일찍 기준을 명확히 해뒀다면 어땠을까 하는 생각이 들었다.

필자도 20대에 육군 장교단에 입문해서 40~50대까지는 무서움도 두려움도 없이 오직 장군을 바라보며 자기 최고주의에 빠져 교만했다. 53세에 군 생활을 육군 대령으로 끝냈다. 8년간 은행과 CAPS라는 보안 경비회사에서 생활하며 그동안 내가 얼마나 어리석었는지 알게 되었다. 나는 스스로 몸을 낮추고 배려하는 삶을 가족, 친구 그리고 주변 사람들에게 실천하기 위해 노력했다.

그러나 가족, 친구, 주변 사람의 평가는 '글쎄요'였다. 친구들의 말을 들어보면 육군 대령이 많이 변했는데 아직 멀었다고 한다. 나에겐 평생 주어진 숙제이다.

군에서 배운 국가관 및 명예심과 전역 후 사회 중견간부로서 8년간 터득한 건강관리, 인간관계 그리고 신뢰를 바탕으로 변모된 모습을 갖춰나가면서 2004년 2월 19일 61세 나이로 지금의 보안 경비회사 KSPN(주)을 직원 2명으로 창립하여 2015년 기준으로 11년 만에 직원 500명의 중견기업으로 성장시켰다.

군에서는 정직하고 부지런하면 되었다. 그러나 그렇게 하면 회사 운영은 어려워진다. 이 사회생활에서는 신뢰가 우선이

어려움을 함께 한 가족과 선후배 그리고 동료들이 햇빛이자 물이었다.
어떤 나무이든 혼자서 자라는 나무는 없다.

다. 사람과 사람 사이에 믿고 믿는 관계가 형성되어야 한다. 나는 직원교육에 상벌과 포상을 강화했다. 그 결과 직원이 실수하든, 하지 않았든 현재까지 큰 사고가 한 건도 발생하지 않았다. 정말 고마운 일이다.

현재 나의 모습이 주변 사람에게 고집스럽지 않다면, 어떤 부담도 주지 않는다면 그것으로 만족한다. 단, 금전 문제는 조건 없이 깔끔해야 한다. 갑과 체결한 계약이 어떻게 되었던 을의 최저임금은 무조건 보전해야 하며 세금과 임금이 연체되는 일이 없도록 단속을 철저하게 했다. 현재는 퇴직금, 보험, 지급할 소모성 비용인 경영비를 확실하게 준비하고 지낸다.

다행스럽게 일자리를 창출하고 사회에 이바지하는 기업으로 운 좋게도 성장할 수 있었다. 이것은 나에게 군인이란 일자리를 준 국가, 부산은행, CAPS(주)가 인생의 산 경험을 가르친 대지였다면, 어려움을 함께 한 가족과 선후배 그리고 동료들이 햇빛이자 물이었다. 이런 환경을 찾아 나는 씨를 뿌렸고 새싹을 틔웠다. 그리고 과감하게 도전했다. 어떤 나무이든 혼자서 자라는 나무는 없다.

'9회 말 투아웃부터'라고 흔히 말하는 야구게임처럼 '인생 살이 70대부터' 시작이다. 지금 이 순간이, 20대 때 품었던 실현하지 못한 찬란했던 꿈이었거나, 30대 가졌던 허망하게 좌절된 야망이었거나, 불혹에 가졌던 귀 얇음이었거나, 미처 실현하지 못한 마음속 미련이 남아있다면 지금까지 경험을 총동원하여 다시 도전하면 그 결과는 달콤할 것이다. 반드시 작지만 큰 만족을 일구어낼 수 있을 것이다.

저자는 장군이 되지 못하고 육군 대령으로 예편했다. 그때, 나는 가진 것이 없고, 명예도 없었다. 하늘은 캄캄했고, 땅은 심하게 흔들렸다. 이때, 잠시 우울증이 찾아왔다. 한강을 몇 번이나 내려다보면서 이 생각 저 생각을 하다가 가족에게 나의 불행을 모두 맡기는 것이 죄스러워 생각을 고쳐먹었다. 나도 금수저가 한번 돼봐야겠다고 생각했다. 늦었다고 포기하지 말고 마지막 순간까지 나도 할 수 있다는 신념을 버리지 않았으면 한다.

05

:

100세 시대를 준비하는 건강비법

100세 시대를 준비하는 첫걸음은 하루하루를 즐겁게 보내는 것이다. 아침 5시에 일어나 물 한 컵 마시고 아파트 실내에서 600m를 속보로 걷고 훌라후프를 좌·우로 1,000번 돌린 후, 세수하고 나서 식사하고 6시 30분에 집을 나선다.

7시에 아무도 없는 회사에 도착, 엘리베이터를 포기하고 9층 빌딩의 134개의 계단을 올라 7층 사무실로 출근한다. 커피를 한 잔 마시면서 사무실을 확인한 후 의자에 앉아 창 너머 멀리 있는 관악산을 혼자 바라보며 하루의 일과를 챙긴다.

나는 매일, 이 시간을 지킨다. 기상하면서 회사에 일찍 출근해 일을 챙겨야겠다는 즐거운 생각이 생기고, 70대 중반에도 출근할 수 있다는 고마움에 흥이 절로 난다. 그런 한편으로 500여 명이 나로 인해 일자리가 생겼고, 그들의 급여를 충당할 수 있음에 (주)KSPN에 용역을 의뢰하는 업체들에게 고마움을 느낀다. 그리고 여력이 생기면 젊은이에게는 장학금을, 책을 구매하기 어려운 이들에게는 독서를 할 수 있도록 책을 기증하는 행사를 매년 지속하는 즐거움을 누린다. 주변의 불우 이웃 돕기, 나라 사랑하는 단체 등에 찬조하는 기쁨도 차곡차곡 쌓는 것이다.

이런 마음으로 살다 보니 욕심도 부정도 생각할 틈이 없이 순간을, 하루를, 한 주를, 한 달을, 일 년을 바쁘게 보낸다. 본인은 물론이고, 주변 사람들에게도 즐거운 시간을 함께할 수 있도록 노력하고 있다. 나는 스스로 100세 시대의 삶을 위한 보약을 먹는 셈이다.

100세 시대를 준비하기 위하여, 규칙적인 생활을 자신만의 맞춤식 건강비법을 만들어 꾸준하게 실천하고 있다. 일상생활에서 집안일이나, 회사 일이나, 사회에서 일어나는 일 때문에 머리가 아프면 훌쩍 떠난다. 간단하게 짐을 챙겨 산수가 뛰어나고 먹거리 많으면서 사람들 인심이 좋은 명소를 찾아가는 것이다. 그리고 돌아와 회사에 출근하면 70대 노인에서 10년

2013. 5. 17. 독일 메르세데스 벤츠 본사 정문

은 회춘한 모습으로 주변 사람을 맞이한다.

몇 년 전 아내와 함께 독일을 10일간 여행한 적이 있었다. 여행 중, 골프 라운딩을 했는데 주변을 보니 라운딩하는 사람들의 90% 이상이 60~80대 노인이었다. 부부동반 이거나 친지와 함께 라운딩을 즐기고 있었다.

골프장 손님 중에 젊은이들이 보이지 않아 캐디에게 물었다.

나이 많은 캐디가 말하길, 젊은이들은 주중에는 일에 집중해서 특별한 행사가 없는 한 일터에서 업무에 충실할 시간이란다. 주중에는 퇴직한 분들이 주로 라운딩을 즐긴다고 했다.

독일이 속한 유럽 사회는 철저한 개인적 합리주의 사회이다. 따라서 대인관계에 있어서 가장 중요한 문제는 상대와의 친밀도이다. 그것이 어떤 다른 요소들보다 가장 앞선다. 그러니까 모든 사람은 나이나 신분과 관계없이 동등한 입장에서 서로 대우한다. 젊은 사람이 나이 많은 사람에게 저자세를 보인다거나, 사회적으로 낮은 신분에 있는 사람을 함부로 대하지 않는다.

독일의 부모들은 우리나라의 부모들처럼 자식들을 늦은 나이까지 경제적으로 뒷받침하지 않는다. 독일에서는 자식이 고등학교를 졸업하면 대부분 경제적으로 독립시킨다. 즉, 자식에 대한 부모의 간섭이 훨씬 약하며, 자식도 부모에 대해 빚을 졌다는 부담을 갖지 않는다. 자식은 젊은 나이에 밑바닥에서부터 성장하는 것을 배우며, 부모는 성인이 된 자식을 내보내면서 자기 인생을 더 풍요롭게 누린다.

독일 국민의 특성을 체험하는 계기였다.

또, 독일의 산업현장을 견학하는 코스에서 벤츠 본사와 전시실 공장이 있는 단지를 들를 기회가 있었는데, 웅장하면서도 섬세한 그곳에서 자동차 역사를 한 번에 접할 수 있었다.

독일 젊은이들이 제2차 세계대전 패전국에서 열심히 일한 결과, 벤츠라는 거대한 기업을 만들 수 있었다. 독일인들의 열정과 끈질긴 일자리 창출과 창출된 일자리에서 평생을 바쳐 일하고 다음 세대로 이어지는 합리성과 근검절약 정신에 감탄했다.

참으로 훌륭한 문화라고 칭송하고 싶다. 이렇게 젊음을 바쳐 일한 대가로 정년이 되면 넉넉한 연금을 받아서 하고 싶은 취미 생활을 한다. 맛있는 음식과 좋은 경치를 즐기며 시간을 보낸다. 그리고 남는 여분의 재산이 있으면 사회에 환원하고 홀홀 세상을 떠난다. 사람들은 대단한 치적을 만드는 것에 환호하지 않는다. 자신의 만족을 위해 성실하게 살아가는 것을 좋아한다. 가족과 함께 무엇인가를 하며 시간을 보내는 것을 선호한다. 논리적이고 실용적이다….

그들의 모습을 보면서 나도 여가가 나면 음주하지 말고, 잡생각 하지 않으면서, 경관 좋고, 공기 좋고, 물 좋은 곳에서 친구와 운동을 더불어 할 수 있도록 99세까지 건강하게 활동하기 위하여, 적극적으로 건강을 챙겨야겠다고 생각했다.

자기 몸에 맞는 운동을 즐기면서 꾸준하게 활동하는 것이 가족에게 부담을 덜어주는 것이고 국가에 마지막 충성하는 일이다. 우리 모두 열정을 갖고 희망을 포기하지 않았으면 한다.

"할 수 있다"라는 신념이 있으면 반드시 이룰 수 있다.

06

:

작지만 확실한 행복(小確幸)을 찾아서

청소년에게 꿈을 물으면 흔히, 대통령·장군·의사·CEO와 같은 그럴듯한 크기의 명사형 꿈을 말한다. 꿈과 목표는 반복할수록 이루고자 하는 용기가 생긴다. 시간의 흐름에 따라 실행 불가능한 목표는 점차 사그라지고, 실행 가능한 목표가 더욱 구체화 된다.

꿈과 목표가 있는 사람은 자기가 좋아하고, 잘하는 일을 모색한다. 무엇인가를 규정하고 정의하는 '명사형 꿈' 보다는 진행형 상태의 '동사형 꿈'을 꾸자. 그렇게 선택한 일에 흥미를 갖고 더 몰입할 수 있다. 좌절하지 않고 동사형 꿈을 꾸다 보면 새로운 기회를 만들어 갈 수 있다. 자신이 잘하고 즐거워하는 일에서 나는 더 잘할 수 있다는 희망을 품고 일하자. 장군이란 꿈을 이루지 못하면 최소한 대령까지는 갈 수 있고, 국가를 경영하길 꿈꾸었던 사람은 기업 경영을 잘하는 CEO가 될 수도 있다.

중국 북산에 우공이라는 아흔 살 된 노인이 살고 있었다. 노인의 집 앞에는 넓이가 칠백 리, 높이가 만 길인 태행산과 왕옥산이 가로막고 있었다. 그 산으로 인해 생활하기가 무척 불편했다. 그러던 어느 날, 노인은 가족을 모아놓고 말했다.

"우리 가족이 힘을 합쳐 두 산을 옮기자. 그러면 길이 나고 다니기에 쉬울 것이다."

가족들은 당연히 반대했다. 그러나 노인은 뜻을 굽히지 않았다. 다음날부터 바로 우공은 아들과 손자까지 지게에 흙을 지워 발해에 가서 버리고 돌아왔다. 꼬박 1년이 걸렸다.

"이제 멀지 않아 죽을 당신인데 어찌 그런 무모한 짓을 합니까?"

이웃 사람이 이렇게 비웃었다. 그러자 우공이 기다렸다는 듯이 말했다.

"내가 죽으면 내 아들, 그가 죽으면 손자가 계속할 것이오.

그동안 산은 깎여 나가겠지만 더 높아지지는 않을 테니 언젠
가는 길이 날 것이오."

산을 지키던 산신이 이 말을 듣고는 큰일 났다고 여겨 즉시
상제에게 달려가 산을 구해달라고 호소했다. 상제는 산신의 말
을 듣고 두 산을 각각 멀리 동쪽과 남쪽 땅으로 옮겨 놓았다.

이웃 사람들의 말처럼 우공의 생각이 정말 무모한 것일까.
그럴지도 모른다. 자신이 한 번도 생각하지 못한 일을 도모하
는 사람을 어리석다고 할 수도 있다. 그러나 자신이 하고자
하는 일의 뜻이 올바르고 많은 사람을 위한 일이라면 우공이
산(愚公移山)이란 속담처럼 사는 것도 일의 이치로 보아 옳다.

의지가 굳건하면 실천할 수 있는 동기부여가 확실하다. 간절해질 수 있다. 그래서 꿈은 클수록 좋다. 20~30대는 더욱 그렇다. 한번 실패하더라도 다시 도전해 볼 기회가 있어서 좋다.

그러나 꿈을 갖고 있다 하여 무조건 좋은 것은 아니다. 꿈을 꾸는 당사자가 주위의 지인들에게 부담을 주지 않아야 한다. 그 꿈을 이룬다는 부분에서 시간적인 제약이 없고, 자신의 능력으로 해결할 수 있어야 한다. 이것을 충족하지 못하면 그 꿈을 이룬다는 말을 빙자하여 맹목적이거나 이기적인 사람이 될 확률이 높다. 시간이 짧거나 길어서 고단하고, 허망할 확률이 높다. 현실을 모르는 몽상가가 될 확률이 높다. 비록 자신의 삶이 이기적이며 허망하고 몽상가가 된다고 할지라도 처음에 설정한 자신의 꿈을 이루기 위해 꾸준하게 실천하면 꿈을 이룬다. 젊어서 가진 꿈을 노년까지 이어가며 도전하는 열정을 발휘했으면 한다.

그러나 노인에게 지금은 인생을 정리해야 하는 시기이다. 살아온 시간보다 살아갈 날이 더 짧다. 이러한 물리적인 시간보다 우리를 더 힘들게 하는 것은 심리적인 시간이다. 이 시간으로 삶의 속도를 환산하면 나잇값의 2배수이다. 20살의 심리적 삶의 속도는 시속 40Km이지만 60살의 심리적 삶의 속도는 시속 120Km인 것이다.

그래서 우리는 시간이 빨리 간다고 쉽게 착각한다. 흔히 시간이 얼마 남지 않았다고 조바심 낸다. 그러나 시간은 누구에게나 항상 공평하다. 나이 든 사람이 조바심을 내고 마음을 끓여 보았자 일이 빨리 성사되는 것은 아니다. 이런 상황에 부닥치면 마음을 토닥여야 한다. '시간은 누구에게나 공평하다', '아직도 남은 시간이 50년 남았다'라고 하면서 조급함과 조바심을 버려야 한다. 느긋하게 바라보며 평정심을 회복해야 한다. 지금 당장 할 수 있는, 무엇이 나를 확실하게 행복하게 할 것인지 생각해봐야 한다.

역사란,
지난 일에 관해 올바르게 이해하도록 하고
현실의 문제들을 직시하게 한다.
또한,
올바른 관계를 맺게 하며 굳건한 미래의 밑바탕이 되게 한다.

:

IV장

역사는 미래의 거울

역사 공부가 국가 경쟁력을 키운다 | 역사 이해가 사업의 기본이다
300년을 지킨 경주 최부잣집의 철학 | 미래 세계의 주역은 한국이다
슈뢰더의 정책을 이어받은 메르켈 | 먹고사는 문제를 해결한 덩샤오핑과 박정희

01
.
.

역사 공부가 국가경쟁력을 키운다

대한민국 격동의 시대를 살아온 사람들은 1945년 2차 세계 대전의 종전을 경험하고, 1948년 8월 15일 광복의 기쁨을 누렸으며 1950년 6월 25일 동족상잔의 피비린내 나는 전쟁을 겪었다.

1953년 7월 27일 정전으로 동족 간 전쟁이 중단되었다. 1960년 4월 19일 혁명을 경험했고, 1961년 5월 16일 군사 쿠데타로 박정희(1917년생) 대통령이 집권하면서 경제부흥의 시대가 도래했다.

1964년에는 서독에 광부와 간호사를 파견하고, 1965년 9월

20일 베트남전에 해병 청룡부대가 해외 파병을 하여 산업을 건설할 종잣돈을 모았으며, 1972년 2월 1일 새마을 운동 시작으로 경제부흥의 실마리를 찾았다. 1974년 8월 15일 육영수 여사가 문세광에 의해 살해당했다.

1979년 10월 26일 박정희 대통령이 김재규에 의해 피살되었다. 1979년 12월 12일 전두환 소장이 계엄령을 발동하며 정권을 장악했고, 노태우 때부터 민선 대통령 시작되었으며 김영삼 대통령, 김대중 대통령, 노무현 대통령, 이명박 대통령 시대를 거쳐 박근혜 대통령이 탄핵을 당하자 문재인 대통령이 집권하는 시대를 살고 있다.

1961년 5월 16일 5·16쿠데타 당시 우리나라의 1인당 1년 소고기 소비량이 1근이며, 국민 1인당 GNP는 60$에 불과한 세계에서 가장 못 사는 나라 중 하나였다.

현재, 세계 10위권의 경제 대국으로 국민소득 3만 불 시대를 사는 것은 국가지도자들과 경제인 그리고 격동의 시대를 살아온 선배 동료들의 헌신과 희생이 있었기 때문에 가능한 일이었다.

과거가 없으면 현재가 없고, 현재가 없으면 미래 또한 없다. 젊은이들이 군사·경제·복지 강국을 건설하기 위해서는 역사 공부를 바탕으로 자기개발에 소홀함이 있어선 안 된다. 해방둥이 세대가 이룬 업적을 계승하여 더 크게 발전시켜 나가야 한다.

경제 강국이 되기 위해서는 경제인들의 올바른 처신과 사명감이 무엇보다 중요하다. 회사는 개인소유가 아닌 사회기업이란 인식으로 열심히 이익을 창출하고 국가에 세금을 많이 내고, 직원들에게는 급여와 복지로 보상하고 여분이 있으면 가난한 이웃을 돕는 일에 앞장서야 한다.

오늘을 풍요롭게 사는 젊은 세대에게 과거사에 대하여 올바르게 교육할 필요가 있다. 현세대에 적합한 Innovation을 계속하여 세계 1등 국가가 되도록 하여야 할 것이다. 그리고 어렵게 사는 해방둥이 세대들에게 무엇을 어떻게 보상할 것인가에 대해서도 생각해 볼 때이다.

노사가 서로 양보하여 다툼이 없는 기업문화가 형성될 때 이익을 창출하는 기업이 되고, 경제 강국에 기반을 둔 복지 강국이 될 수 있다. 나는 기회 있을 때마다 이런 내용을 주변 사람들에게 전파하고자 노력한다.

우리 세대가 젊었을 때는 "안 되면 되게 하라. 무에서 유를 창조하라. 불가능은 없다"라는 말들이 곳곳에 흘러넘쳤다. 지금의 현실은 어떠한가? 현실타파 Innovation이 필요한 시점이다. 젊은이들에게는 비전이, 노인들에게는 열정이 필요한 시대이다. 젊은이와 노인이 힘을 합하여 국가·국민 부흥이 무엇인지 너도나도 앞장서야 할 때이다.

2000년대 초만 해도 해외 출장이나 여행을 나가면 우리는 언어, 음식, 인종 등에 대하여 두려워했다. 그런데, 지금은 어떠한가? 지구상 어디에 나가더라도 외국인을 두려워하지 않는다. 언어와 음식 그리고 문화란 것이 통하지 않을 것이 없다. 이 얼마나 대견스러운가?

대영제국이 세계를 지배할 당시 해가 떠 있는 시간에는 어디에 가든지 영국의 깃발을 볼 수 있었다고 한다. 그때는 군사력으로 지구상 모든 국가를 통제하였지만, 글로벌시대인 지금은 군사력뿐만 아니라 경제력이 주변국을 장악하는 요소이다.

나는 1968년 7월 7일 베트남전에 파병되어 1969년 8월 4일까지 13개월간 화랑무공훈장을 받으면서 전투를 경험했고, 대한민국 육군에서 소대장·중대장·대대장·연대장·본부사령·부사단장을 역임하고 1996년 4월 30일 대령으로 예편했다.

12년간 박정희 대통령 통치하에서 군 복무를 하면서 대통령의 국가재건 국가 사랑 정신을 배웠고 지금도 국가에 대한 사랑은 누구에게도 뒤처지지 않는다. 처음 구매한 자동차가 현대 프레스토였는데 지금도 꾸준히 현대자동차만 고집하여 에쿠스를 탄다. 이렇듯 일상에서 향상된 문화를 누릴 수 있는 것은 국가의 발전 없이는 쉽사리 획득할 수 없는 풍요로움이다.

"몸과 마음을 닦아 수양하고 집안을 가지런하게 하며 나라를 다스리고 천하를 평정한다."[9]라고 한 것처럼 나는 내 가족, 내 가문, 우리 회사부터 주변 사람들까지 역사를 배우고 익혀 현재를 밝게 살며 미래를 설계하여 오랫동안 번창했으면 한다.

젊은이들은 역사를 바르게 배우고 노인은 역사를 바르게 가르치고자 노력하고, 실천해야 한다. 15년 동안 회사를 운영하는데 지금까지 잘 지켜준 가장 큰 자산은 32년간 근무하면서 터득한 군인정신이었다. "안 되면 되게 하라! 나는 할 수 있다 (I can do it)! 무에서 유를 창조하라!"와 같이 단정적이고 확신에 찬 말들이었다. 현재도 나는 회사가 어려울 때나 복잡한 일이 생기면 혼잣말로 I can do it! 을 중얼거리며 위험에서 벗어나려 애를 쓴다.

나는 사업을 진행하면서 의사결정이 어렵거나 곤란한 일에 봉착할 때마다, 자신의 조국과 국민이 먹고사는 문제를 해결하는데 치열했던 이들을 생각한다. 그 중, 우리가 본받을 만한 모범사례를 남긴 세 사람을 소개하고자 한다.

우선, 덩샤오핑이다.

중국의 정치지도자이자 박정희 대통령과 동시대 인물이다.

---

9 대학(大學); 修身齊家 治國平天下

13억 중국인들을 가난에서 벗어나도록 했다. 사후에 화장해서 대만 앞바다에 뿌려달라고 유언을 남겼고 유언대로 유골을 뿌렸다.

두 번째 인물은 구본무 회장이다.

대한민국 경제계를 주름잡았던 LG그룹의 3대 회장이며 대한민국 3만 불 시대를 만들어 낸 장본인이다. 이 분은 1995년 2월 회장 취임하면서 정도경영을 실천하여 50년, 100년을 일등기업이 되어야 한다고 역설했다. 정도경영은 공정, 정직, 성실에 근거한 경영철학이다.

이는 KSPN(주) 회사의 정직, 근면, 신뢰와 그 뜻이 일맥상통한다. 구 회장은 2018년 5월 20일 73세로 사망하였으며 그의 유언대로 화장해서 유골을 가족묘지 나무 밑에 뿌렸다.

세 번째, 인물은 말레이시아의 마하티르(Mahathir bin Mohamed) 총리이다.

1981년부터 2003년까지 22년간 말레이시아를 통치했던 말레이시아 총리로, 총리직 사임 15년 만인 2018년 5월 말레이시아 총리에 재선출됐다. 강력한 국가주도 경제발전 정책을 시행하며 말레이시아를 신흥공업국으로 변모시켜 '근대화의 아버지'로 불리는 반면 경제발전을 위해 인권탄압과 일방적 정책을 강요했다는 독재자라는 평가도 받고 있다.

上, 구본무 회장 / 下, 마하티르 총리

1925년 영국 식민 치하의 말레이반도에서 태어나 싱가포르의 킹 에드워드 7세 의과대학을 졸업하고 의사로 활동했다. 그러다 1946년 영국 식민통치에 반대하는 민족주의 운동이 확산할 당시 결성된 통일말레이국민조직(UMNO)에 가담하였다. 한때 정계에서 축출되었다가 1972년 툰쿠 압둘 라만 총리가 사임하면서 복귀했다. 1981년 UMNO 총재로 선임되었다. 그리고 그해 7월 16일 말레이시아 4대 총리로 취임, 2003년까지 22년간 장기 집권했다.

　　그는 취임 당시 영국에 의존하던 외교 및 경제정책에서 벗어나 국가 경제를 개방하는 한편, 아시아의 경제 선발국이던 일본과 한국을 따라잡자며 벌인 '동방정책(Look East Policy)'을 강력히 추진하여 빈국이던 말레이시아를 20년 만에 신흥공업국(중진국)으로 발전시키면서 '근대화의 아버지'라는 평가를 받았다. 특히 1997년 아시아에 경제위기가 닥쳤을 때 한국과 태국 등이 국제통화기금(IMF)의 긴축재정 권고를 받아들인 것과는 달리 IMF 지원 거절, 링깃화 고정환율제 채택, 외국자본 유출금지 등 독자적인 해법을 제시하여 눈길을 끌었다. 더 나아가 아시아 금융위기는 국제투자자본가들의 획책에 의한 것이라고 주장하며, 세계화는 새로운 형태의 제국주의로 선진국의 착취를 위한 구실에 지나지 않는다고 주장을 펼치기도 했다.

한편, 마하티르 총리는 재임 기간에 다수 민족인 말레이계를 제도적으로 우대하는 '부미푸트라' 정책을 펴면서 인구의 30%가량을 차지하는 중국계 등 소수민족의 안전을 담보해 주는 방식으로 종족 갈등을 절묘하게 완화했다. 이 정책에 대해서도 말레이계와 중국계 간 인종 갈등을 감소시켰다는 평가와 말레이계 우대 정책을 고수해 중국계와 인도계를 차별했다는 평가를 동시에 받고 있다.[10]

22년간 집권하면서 1981년 국내총생산 250억 달러(약 27조 원)에서 총리 끝날 무렵, 2003년 국민총생산 1,100억 달러(약 120조 원)로 급격하게 성장시켰다. 말레이시아 빈곤 가구 비율을 35%에서 5%대로 떨어뜨린 경제 총리로 말레이시아 국민에게 추앙받았다. 그렇게 15년이 지나 93세의 나이에 그는 2018년 5월 10일 국민투표로 총리에 당선되어 취임했다.

마하티르 전 총리는 경제발전을 위해서는 민주주의의 발전을 지체해도 된다는 정책을 밀어붙였다. 국가와 국민에게 봉사하고 헌신하는 것은 국가지도자의 책무이고 마하티르가 건재함은 말레이시아 국민이 선택한 결과이다. 그는 말레이시아뿐만 아니라 전 세계 곳곳의 노인들에게 열정적인 도전의 성공사례를 보여 준 현존하는 인물이다.

---

10 [네이버 지식백과] 마하티르 모하마드 (시사상식사전, 박문각)

02
:
.

역사 이해가 사업의 기본이다

모든 세대에게 공통으로 중요한 것은 역사이다. 어린 시절에 할아버지 아버지는 종종 집안의 내력과 선조들의 무용담이나 업적 등을 들려주곤 했다. 아무래도 그러한 방법으로 이집안의 자손이 이 세상을 어떻게 살아가야 하는가에 관한 방향성 제시를 했던 것이 아닌가 싶다. 그런데 우리나라의 공교육에 진입하면 역사 교육이 등한시된다. 왜 그럴까? 입시에 그다지 중요한 비중을 차지하지 않기 때문이다.

역사는 입대나 취업시험, 각종 사내승급 시험에서 제외되어 있다. 또 기업 임원과 CEO들의 초청 강연, 세미나, 워크숍에서도 철저하게 외면받고 있다. 그런데 기업의 주간·월간·연말 분석은 과거-현재-미래를 연결 짓고 그런 연후에 그다음 연도의 사업계획을 구상한다.

현재는 우리가 사는 바탕이므로 당연히 어떤 계획을 구상하기 위해 과거와 현재를 분석하고 하고자 하는 미래의 어떤 일을 계획하여 실현하기 위해 수많은 생각을 하고 아이디어를 짜기 위해 노력한다. 하지만 정작 오늘을 만들어준 과거 역사에 대해서는 기업도 마찬가지로 소홀하다. 과거의 역사를 정확히 모르고 미래계획을 수립한다는 것은 기초가 없는 땅 위에 고층 빌딩을 건설하는 것과 같다.

독도의 역사에 대해 말해보라고 한다면 우리 중 얼마나 많은 사람이 자기 집 아파트 구조 설명하듯 구체적으로 말할 수 있을까. 현재에 대해서는 직접 체험으로 배우고, 미래는 흥미 있는 아이디어로 경쟁력을 키우기 위해 노력하는 데 반해 과거에 대해서는 무관심하다.

지나간 날을 잊지 않기 위해 배우고 가르치며 점검해야 탄탄한 기초를 이룬다. 이러한 앎이 현재와 미래에 대한 건실한 뒷받침이 되어준다. 그래서 나는 KSPN㈜의 모든 보고를, 과거-현재-미래를 종합해서 이루어질 수 있도록 과거 역사를 중요시한다. 어느 사업장에서 영업하더라도 과거의 사실을 알고 있으면 머뭇거리지 않고 자신감을 가지며 상대에 대하여 비즈니스를 펼칠 수 있다.

14년째 접어든 KSPN㈜은 2013년 3월 경찰청 현황 자료에 따르면 3,872개 업체 중 배치 경비원 500명 이상으로 50위 이내 1~2%에 분포되어 있다. 이와 같은 실적을 달성할 수 있었던 것은 신뢰를 바탕으로 역사를 중요시하는 비즈니스 마인드 덕분에 가능했다.

기사[11]에서는 현대차 양재사옥 대강당에서 정몽구 현대기아차 회장의 경영철학을 소개하고 있다. 그는 최근 경영 회의에서 글로벌 인재가 갖춰야 할 핵심역량으로 '뚜렷한 역사관'을 강조했다. "역사관이 뚜렷한 직원이 자신을 그리고 회사를, 나아가 국가를 사랑할 수 있다"라며 "전 세계 고객들에게 우리의 자랑스러운 역사와 문화를 적극적으로 알릴 수 있도록 직원들의 역사 교육을 철저히 시행하라"고 강조했다. 이러한 경영철학을 반영한 듯 신입사원 공채에선 이례적으로 역사문제를 내 화제가 되는가 하면 신입사원 교육 때는 토론을 통해 시사점을 얻는 프로그램을 마련하는 등 체계적으로 역사를 교육할 예정이다.

역사를 강조하는 것은 대한민국의 미래발전에 큰 도움이 될

11 〈매일경제신문〉 2013년 11월 1일. 〈정몽구, 역사에서 답을 찾다.〉

역사관이 뚜렷한 직원이 자신을 그리고 회사를,
나아가 국가를 사랑할 수 있다
현대차 그룹 左정의선 부회장 / 右 정몽구 회장

것이다. 역사란, 지난 일에 관해 올바르게 이해하도록 하고 현실의 문제들을 직시하게 한다. 또한, 올바른 관계를 맺게 하며 굳건한 미래의 밑바탕이 되게 한다.

03

.
.

300년을 지킨 경주 최부잣집의 철학

육군 대령으로 정년 전역 후, 가장의 얼굴만 쳐다보는 아내 그리고 대학에 다니는 3남매의 생활을 생각하면 나에겐 부담이자 걱정이었다.

그리고 나의 삶, 100세 시대를 생각했다. 32년간 군 복무한 연금은 가족의 생활비로 쓰고, 나는 소득을 창출할 수 있는 사업을 해야겠다고 생각했다. 나는 그렇게 KSPN㈜을 창립했다. 정직, 근면, 신뢰라는 가훈을 실천하면서 32년을 지낸 군인정신으로 새벽같이 출근해 끈기와 열정으로 일을 하면서 지금에 이르렀다.

나는 일자리를 많이 창출하고, 부지런히 벌어서 국가에 세금을 많이 내고, 불쌍한 이웃에게 사회봉사를 많이 하는 회사를 경영하고 싶었다. 그 결과 KSPN(주)은 창업 당시에는 사업 허가 조건을 맞추기 위해 경비원 20명을 빌려와야 하는 처지였는데 현재는 직원 500여 명에 연간 매출액도 150억 원 내외를 유지하고 있다. 세금도 창업 이래 단 하루도 연체하는 일 없이 성실히 내서, 2016년 3월 3일에는 성실 세무 납부자로 국세청에 선정되어 세무서장 위촉장을 받고 동작구 세무서장 일일 임무를 수행해 보았다.

사회봉사 활동은 연 매출 100억 때부터 시작하여 장학금 기탁과 도서기증(강릉시청 18층에는 남호동 도서 부스가 있다.), 산불재해지원, 불우가정, 노인정 등 5년간 5000만 원 이상을 기부했다. KSPN(주)을 사회기업으로 성장시켜 장기간 유지하면서, 사회사업을 확장하고 싶은 마음이다.

지속성장하는 기업의 특징은 창업자의 올바른 경영철학을 전승하여 발전시키는 것이다. 부자는 3대를 넘기기 힘들다는 말이 있는데 경주 최부잣집의 역사를 보면 보고 배울 점이 한둘이 아니다.

병자호란 때, 최부잣집 후손인 최 부자가 노비를 대동하고

의병으로 참전했다. 청나라의 병력에 밀려 도저히 살아남기 어려운 상황에 이르자 최 부자는 노비들에게 나는 여기서 끝까지 임금님을 위하여 싸우다 죽을 것이니 너희들은 고향으로 돌아가 부모와 처자식을 지키라 당부했다. 하지만 노비들은 전쟁터에 남아 최 부자와 죽음을 함께 했다. 그 이후 최부잣집에서는 제사를 최부잣집 가족 제사와 노비 제사를 각각 지낸다.

경주 최부잣집은 12대 동안 계속해서 만석꾼을 지낸 집안으로 유명하다. 만석꾼이라 하면 일 년 수입이 쌀로 만석이다. 요즘으로 말하면 재벌급의 부자이다. 12대는 년 수로 환산하면 300년에 해당한다. 1600년대 초반부터 1900년대 초반까지 부를 유지한 것이다.

자그마치 300년 동안 어떻게 하면 만석꾼 소리를 들을 수 있었을까. 그것도 주변에 인심을 얻으면서. 최부잣집의 종손 최염(崔炎) 씨의 증언과 탐문 끝에 도달한 결론은 이 집 특유의 철학이 있었다.

최부잣집의 철학 가운데 첫째는 '흉년에 땅을 사지 않는다'였다.
흉년이야말로 없는 사람에게는 지옥이었으나 있는 사람에게는 부를 축적할 기회였다. 가난한 사람들이 당장 굶어 죽지 않기 위하여 헐값으로 내놓은 전답을 매입할 수 있었기 때문이다. 오죽하면 '흰죽 논'이란 말까지 등장했겠는가. 다급하니까 흰죽 한 그릇 얻어먹고 그 대가로 팔게 된 논을 말한다.

그러나 최부잣집은 이러한 행위를 하지 않았다. 이는 가진 사람이 할 도리가 아니라고 보았다. 이런 금기는 또 있었다. '파장 때 물건을 사지 않는다'가 그것이다. 석양 무렵이 되면 장날 물건은 값이 뚝 내려가기 마련이다. 다른 부잣집들은 오전에는 절대 물건을 사지 않고 파장 무렵까지 인내하면서 '떨이' 물건을 기다렸다.

최씨 집안은 그렇게 하지 않았다. 항상 오전에 제값을 주고 물건을 샀다. 그러다 보니 상인들은 제일 질이 좋은 물건을 최부잣집에 먼저 가지고 왔다. 이 집은 물건값을 깎지 않는다는 신뢰가 형성되어 있었다.

둘째는 '만석 이상의 재산은 사회에 환원한다'였다.

돈이라는 것은 가속성을 지니고 있어서 어느 시점을 지나면 돈이 돈을 벌게 된다. 오죽했으면 돈은 눈덩이와 같다고 했겠는가. 그러나 최씨 집안은 만석에서 과감하게 브레이크를 밟았다. 사회에 환원하는 방식은 소작료 할인이었다. 다른 부잣집들이 소작료를 수확량의 70% 정도 받았다면, 최 부자는 40% 선에서 멈췄다. 소작료가 저렴하니까 경주 일대의 소작인들이 앞다퉈 최부잣집 농사를 지으려고 줄을 섰다. 사촌이 논을 사면 배 아프지만, 최부잣집에서 논을 사면 손뼉을 쳤다.

최부잣집에서 논을 사면 나도 먹고살 수 있다고 생각했기 때문이다.

셋째는 '과객을 후하게 대접하라'였다.

최부잣집에서 1년에 소비하는 쌀의 양은 대략 3,000석 정도였다고 한다. 그 가운데 1,000석은 식구들 양식으로 썼다. 그 다음 1,000석은 과객들의 음식 대접에 사용했다. 최 부자 집 사랑채는 100명을 동시에 수용할 수 있는 규모였다. 부잣집이라고 소문나니까 과객들이 들끓을 수밖에 없었다. 과객들이 묵고 가는 사랑채에는 독특한 쌀 뒤주가 있었다. 두 손이 겨우 들어가도록 입구를 좁게 만든 뒤주였는데, 과객이면 누구든지 이 쌀 뒤주에 두 손을 넣어서 쌀을 가져갈 수 있도록 했다. 다음 목적지까지 갈 때 소요되는 여행경비로 사용하라는 뜻이다. 또, 입구를 좁게 한 이유는 지나치게 많은 양은 가져가지 말라는 암시였다.

신문이나 텔레비전이 없던 시절에 이곳저곳을 돌아다니던 과객들은 정보 전달자 역을 했다. 후한 대접을 받았던 이들은 조선 팔도에 최부잣집의 인심을 소문내고 다녔다. '적선지가(積善之家)'란 평판은 사회적 혼란기에도 이 집을 무사하게 만든 비결이었다. 동학 이후에 경상도 일대에는 말을 타고 다니면서 부잣집을 터는 활빈당이 유행했다. 다른 부잣집들은 대부분 털렸지만, 최부잣집만큼은 건드리지 않았다. 이 집의 평판을 활빈당도 잘 알고 있었기 때문이다.

'주변 100리 안에 굶어 죽는 사람이 없게 하라'는 가훈도 있었다.

최부잣집의 전답에서 소출한 곡식은 최씨 일가만을 위해 쓰지는 않았다. 경주를 중심으로 사방 100리를 살펴보면 동으로는 경주 동해안 일대에서 서로는 영천까지이고, 남으로는 울산이고 북으로는 포항까지 아우른다. 주변 사람들이 굶어 죽는데 나 혼자 만석꾼으로 잘 먹고 잘사는 것은 부자 양반의 도리가 아니라고 생각했다. 1년 동안 사용하는 3,000석 가운데 나머지 1,000석은 여기에 들어갔다.

최부잣집의 철학 가운데 특이한 것은 '벼슬은 진사 이상 하지 마라'였다.

최부잣집은 9대를 진사로 지냈다. 진사는 초시 합격자의 신분이다. 양반신분증을 획득한 셈이다. 그 이상의 벼슬은 하지 않는다는 것이 이 집안의 철칙이었다. '말 타면 종 부리고 싶다'라는 속담처럼 동서를 막론하고 돈이 있으면 권력을 잡고 싶은 것이 인지상정이다. 그러나 이 집안은 돈만 잡고 권력은 포기했다. 벼슬이 높아질수록 감옥이 가깝다고 여긴 탓이다.

그뿐이 아니었다.

노블레스 오블리주
경주 최부잣집은 창업자의 철학을 자손들이 대대로 계승하였기에
3대도 넘기기 힘든 부잣집 전통을 300년이나 유지할 수 있었다.

토지나 가옥의 문서는 모두 주인에게 돌려주고, 나머지 서약 문서나 돈을 빌려준 장부는 모두 마당에 모아 불을 지르도록 하였다. 돈을 갚을 사람이면 이러한 담보가 없더라도 갚을 것이요, 못 갚을 사람이면 담보가 있어도 여전히 못 갚을 것이다. 돈을 못 갚을 형편인데 땅문서까지 빼앗아버리면 어떻게 돈을 갚겠는가. 이러한 담보로 인하여 얼마나 많은 사람이 고통을 당했겠는가.

이런 생각들이 자자손손 내려오는 철학이었다.

남자들은 그렇다 치고 이 집의 여자들은 어떻게 살았을까. 최씨 가문의 며느리들은 시집온 후 3년간 무명옷을 입어야 했다. 조선 시대 창고 열쇠는 남자가 아니라 안방마님이 가지고 있던 시대였다. 그런 만큼 실제 집안 살림을 담당하는 여자들의 절약 정신이 중요했다. 보릿고개 때는 집안 식구들도 쌀밥을 먹지 못하게 했고, 은수저도 사용하지 못하게 했다. 백 동 숟가락의 태극 무늬 부분에만 은을 박아 썼다.

7대 조모는 삼베 치마를 하도 오래 기워입어 이곳저곳을 기워야 했는데, 3말의 물이 들어가는 '서 말 치 솥'에 이 치마 하나만 집어넣어도 솥이 꽉 찰 지경이었다고 전해진다. 너무 많이 기워서 물에 옷을 집어넣으면 옷이 불어나 솥단지가 꽉 찼다는 말이다. 이 집에 시집온 며느리들은 모두가 영남의 일류

양반집이었다. 본인들은 진사급이었지만, 만석꾼이다 보니 사돈이 된 집안들은 명문 집안이었다.

　로마가 천년을 유지한 비결이 노블레스 오블리주였다면, 경주 최부잣집의 유지 비결도 바로 노블레스 오블리주였다. 경주 최부잣집은 창업자의 철학을 자손들이 대대로 계승하였기에 3대도 넘기기 힘든 부잣집 전통을 300년이나 유지할 수 있었다.

　나의 행복은, 당신의 사랑에 달려있다(My happiness life depends on your love). 현시대의 창업자들이 최부잣집 창업주의 정신을 계승하여 개인, 사회, 국가가 동시에 Happiness를 피부로 느낄 수 있도록 한다면 최부잣집 경영철학을 능가한 창업주가 될 수 있다.

　흔들리는 땅 위에 빌딩을 세울 수 없듯이 창업주의 국가관, 이웃사랑, 직원 보호 사훈이 계승되지 않고 변질된다면 오히려 사람들에게 고통을 주고 피해를 준다.

　창업 2, 3세대들이 쇠고랑을 차고 교도소로 향하는 모습을 보면서 국민과 함께 경악을 금치 못했다. 사업을 계승한 후손 CEO들이 창업 당시의 사훈을 사회에 이바지하는 쪽으로 발전시킨다면 경주 최부잣집 300년 가업을 추월할 수도 있다.

나는 15년 전 KSPN(주) 회사를 창업할 때 사훈을 정직(正直), 근면(勤勉), 신뢰(信賴)로 정했다. 여기서 정직과 근면은 자신이 노력하면 진행 과정을 느끼고 결과를 도출할 수 있으나, 신뢰는 자신이 아닌 상대방이 평가하는 것이다. 이 신뢰란 것에는 봉사와 사랑만큼 중요한 것이 없다.

04

:
.

미래 세계의 주역은 한국이다 [9]

지난 50년은 한국의 정부와 국민에게 아주 좋은 기회였다. 일부 예외적인 사례만 제외하면 매년 경제발전으로 소득과 취업 규모가 성장한 반세기였기에 미래는 긍정적이었다. 물론, 모든 이가 공평하게 성장의 혜택을 누린 것은 아니다. 반면에 가치 있는 삶의 방식을 잃어버린 이들도 분명히 존재한다. 여하튼 지난 반세기 한국의 국가발전은 대단한 성취였다.

한국이 6·25전쟁의 폐허에서 일어나 새로운 여행을 시작

---

9 짐 데이토(Jim Dator): 하와이 대학교수. 세계미래학회 회장. 1971년부터 하와이대학교 미래전략센터 소장으로 역임하고 있다. KAIS 문술 미래전략대학원 겸임교수. 이 원고는 국가 미래전략 고위과정에서 2016.04.07일 Futures of Korea in a Postnormal World란 주제로 강연한 내용이다

할 때, 세계 최빈 국가였다. 지금은 성공한 경제 대국이며 더욱 부유해지려 노력하고 있다. 많은 사람이 한국의 경제 기적에 경이로움을 갖고 그렇게 짧은 시간에 많은 것을 성취할 수 있었는지 놀라워한다.

하지만 실제로 과거 한국은 실패할 이유가 없었다.

당시 한국의 초기 지도자는 모든 국민이 국가주도의 성장전략에 엄격히 따라오도록 만들었다. 이러한 국가의 미래비전에 어떠한 의문이나 일탈도 허락하지 않았다. 한국은 전근대적 경제체제에서 벗어나 수출주도의 국가로 전환한 대표적인 성공모델이 되었다.

농업과 원자재 수출에 의존하던 산업구조는 각종 중화학 공업제품과 저렴한 가전제품까지 제조, 수출하는 나라로 탈바꿈되었다. 심지어 세계 정상급의 품질을 지닌 소비재도 생산하는 경쟁력을 갖추었다. 다른 나라가 했던 길을 한국은 그저 따라갔을 뿐이다. '그저 해내라, 더 잘해라, 의문을 갖지 말고'라는 독려에 한국인은 실제로 해냈다.

90년대 초반 공산주의가 몰락하고 신자유주의가 전 세계를 지배했다. 한국인은 자본주의의 탐욕을 경험하며 긍정적인 가치로 믿었다. 탐욕은 소박한 삶을 영위하던 사람에게는 당혹스러운 가치였으나 변화에 기민하게 대처해온 한국인 대부분은 신속하게 새로운 물질적 가치에 순응했다.

우선, 경제성장에 필요한 저렴한 자원과 에너지를 확보하는 데 성공했다. 한국은 경제발전에 필요한 자원과 에너지가 거의 없었지만, 외국에서 쉽게 사 올 수 있었다.

국내외에서 인구는 계속 늘어났다. 먹고, 입고, 지붕 밑에서 자야 할 인구는 많았다. 더 많은 인구가 이동했고, 더 많은 사람이 서로 긴밀하게 소통하기를 원했다. 더 많은 학생이 더 나은 교육을 받길 원했고, 그들은 산업계에 더 좋은 상품을 만들고, 사고, 누군가에게 판매하는 일을 끝없이 반복했다.

엄격한 주입식 교육으로 일궈낸 한국의 높은 성취는 개인과 집단 측면에서 미래의 성공을 보장했고, 근면과 자기부정은 결국 물질적 보상을 받았다. 한국 사회의 전통적 유교 윤리는 한때, 나태함과 비효율의 원인으로 지탄받았지만, 어느새 자기 절제와 지식의 존중, 근면성, 협조적 경쟁 등 경제적 활력을 이끄는 긍정적 문화 코드로 작용했다.

갑자기 한국은 그간의 경험이 통하지 않은 시대에 진입했다. 이제는 이상적 모델로 따라갈 체제, 강력하게 따라가고 싶은 미래상을 찾지 못했다. 그리고 신자유주의 경제체제가 분명히, 제대로 작동하지 않았다. 경제학자들은 2008년 경제위기가 끝났다고 말하지만, 실제 경제 상황을 맞닥뜨리고 있는 국민 입장은 그렇지 않다. 평생 보장되던 좋은 직장도 사라졌다.

'창조적 파괴'의 법칙은 기존사회 시스템을 영구적으로 파괴하는 듯하다. 대체 무엇을 위한 혁신인가? 오늘날 빛나게 보이는 것들이 내일은 끔찍해 보일 수 있다. 고통스럽게 인내하면서 배운 모든 것들이 순식간에 쓸모없는 것으로 바뀌었다. 빈부격차는 점점 벌어지고 이러한 간격을 평화롭게 줄일 가능성은 보이지 않는다. 신자유주의에 기반을 둔 새로운 경제이론, 정책은 더는 보이지 않는다.

한편, 각국 정부는 이른바 불길한 삼총사(the Unholy Trinity), ①값싸고 풍부한 에너지 시대 종말. ②공정하고 효율적인 경제의 종말. ③고등교육, 근면한 노동과 좋은 삶의 연계 단절이라는 현상에 더하여 안정적 기후, 깨끗한 태양, 공기, 물, 식량의 고갈에 인류는 가위눌리고 있다.

과학기술의 진보에 대한 낙관적 믿음이 사라졌다. 인간을 자유롭게 해 주리라 생각했던 과학기술이 우리를 통제하고 감시한다. 세계인구가 꾸준하게 늘고 있지만, 한편에서는 인구가 감소하고 있다. 이러한 문제들은 지역적, 국제적으로 해결할 수 있는 정부는 존재하지 아니한다. 이러한 문제에도 불구하고 일부 사람들은 창조적 기업가 정신을 발휘해서 새로운 돌파구를 찾고 있다.

토플러가 35년 전에 예측했던 참여형 소비자 사회를 비롯해 공유사회 프리랜서 사회 등은 이제 현실이 되었다. 홀로 하는 경쟁보다 협업에 능한 밀레니엄 세대는 우버, 에어비앤비처럼 이전 세대에선 상상도 하지 못한 삶의 방식을 만들고 있다.

저명한 미래학자들의 의견처럼 앞으로 다가오는 정보사회 이후의 세상은 꿈의 사회(Dream Society)일지도 모른다.

인간이 수렵채취 사회에서 농경사회, 산업사회, 그리고 현재의 정보사회로 진화했듯이 한국은 인류가 지향하는 기술, 사회 발전의 다음 모델, 꿈의 사회로 이끌고 있다. 한류의 확산은 한국이 물질적 재화보다는 꿈과 이미지를 통해서 부가가치를 창출하는 이상적 사회로 접어드는 증거이다. 특히, 정보통신 분야에서 한국의 놀라운 발전, SW와 이를 활용하는 조직 운용기술은 한국인을 과거 산업사회에서 정보사회, 지금은 이상적 사회로 이끌고 있다. 전보에서 라디오, 전화, 영화, TV, 위성통신과 인터넷, 이동통신까지 지난 세기 무어의 법칙은 전자통신기술의 발전을 지배해 왔다. 한국과 세계는 우마차가 끄는 속도에서 광속으로 연결된 세상으로 바뀌었다.

그럼, 다음은 무엇일까?

21세기는 생물학이 물리학을 대신하는 선도 과학이 될 것이다. 통신기술은 문자, 음성, 시각 정보를 전달하는 차원을 넘어서 두뇌 – 두뇌, 두뇌-물체 간에 통신, 오감을 공유하는 수준으로 진화할 가능성이 있다. 즉, 인간 언어나 알고리즘 차원을 넘어서 직관적 소통이 가능해질 것이다.

꿈의 사회의 또 다른 기술적 기반은 진정한 인공지능과 자율적인 인공주체들의 등장이다.

인류가 불과 수천 년 전에 야생식물과 동물을 제어하는 기술을 익힌 이후부터 직업과 노동에 얽매이게 되었다. 평생 같은 일에 매달리는 노동은 인간의 본성이 아니다. 인간은 끊임없이 돌봐야 하는 생물학적 기계(기계)를 키우면서 이득을 취했으나 이러한 혁신기술 때문에 자신도 모르게 스스로 길든 노예로 전락하고 말았다. 이제 우리 기술은 인간을 노예의 처지에서 해방하고 있다. 인간의 근력이 필요했던 일들을 우리 스스로 디자인한 기술, 프로세스에 의해서 빠른 속도로 대체하고 있다. 이렇게 대체된 무인화된 노동은 인간보다 훨씬 강하고 영리하다.

문명과 함께 인류를 옥죄어 온 노동의 필요성이 마침내 사라진다면 인간은 가장 잘하는 행위 즉, 꿈꾸고 계획하고 기도하고 노는 일에 집중할 수 있다. 따라서 자본주의 체제에 기반을 둔 공유사회는 실업 문제, 저고용, 침체한 경제를 살리는 해법이 될 수 없다.

프리랜서 사회는 꿈의 사회로 가는 과도기적 전환기일수도 있다. 꿈의 사회를 달성하면 산업사회의 경제 규범과 개념에서 완전히 벗어나야 한다. 반면 대부분 국가의 지도자, 언론매체는 아직도 고전적 권력다툼, '어찌하면 끝없는 전쟁, 경제적 우위를 뺏느냐'에 매달리고 있다.

이제 한국이 따라잡아야 할 이상적 사회는 지구상에 존재하지 않는다. 한국은 지속적인 성장과 개인, 사회적 삶의 질 향상에 초점을 맞춰야 한다. 다른 많은 국가가 새로운 환경에 두려움을 갖고 움츠리고, 좋았던 옛 시절의 기억에 사로잡혀 더 나은 대안 사회를 꿈도 꾸지 못하고 있다. 한국은 이러한 구조적 문제점을 지도자, 국민이 심각하게 이해하고 어떻게든 극복하는 극소수의 나라이다. 이는 서로 다른 것을 조합해 새로운 것을 창조하는 통섭(Consilience)과 맥을 같이한다. 서로 다른 분야의 사람들이 의견을 나누고 생각을 섞다 보면 예상치 못했던 새로운 창의성이 나올 수도 있다.

반세기에 걸쳐서 한국은 위기를 극복한 저력이 있다. 일자리가 부족하여 실업자가 양산되었고 노동시간의 단축과 최저임금 인상으로 국민의 살림살이가 어렵다고 한다. 그럼에도 미래 세계의 주역이 한국이라고 말한 세계석학의 예측을 나는 확신한다.

05

•

•

슈뢰더의 정책을 이어받은 메르켈

독일의 초기 사민당은 19세기 유럽의 다른 사회민주당과 비슷하게 노동 계급에 의한 자본주의 타도를 지향했다. 하지만 19세기 말 영국 사회주의운동의 영향을 받은 에두아르트 베른슈타인(Eduard Bernstein)의 수정주의 이론이 제기되면서 민주적 선거를 통한 정권 획득을 통해 사회주의를 실현하는 쪽으로 이념이 변화했다. 1914년 제1차 세계대전 발발 이후 전시공채 발행 문제로 내분을 겪다가 다수파 사민당과 혁명적 마르크스주의를 고집하는 소수파 독립사회민주당으로 분열했다. 이후 더 급진적인 세력이 독일 공산당을 창당했고, 사민당과 독립사회민주당은 재통합했다.

사민당은 나치 독일이 집권하면서 정치 활동이 금지됐다가, 2차 세계대전 종전 후 부활하여 대중정당으로 탈바꿈했다. 프랑스 사회당, 영국 노동당, 스페인 사회민주노동당 등과 함께 유럽 사회민주주의 정당을 대표하는 국민정당으로 자리 잡았다. 독일의 현존하는 정당 중 가장 오래된 역사를 갖고 있다. 1998년 다수당이 된 뒤 녹색당과 연합해 게르하르트 슈뢰더 (Gerhard Fritz Kurt Schroeder)를 총리로 하는 연합정부를 구성했다.[12] 2005년 총선에서 34.3%의 득표율로 기민당이 주도하는 메르켈 총리는 사민당과 연방 정부를 구성했다. 그리고 사민당의 정책을 계승, 발전시켜 슈뢰더 전 총리의 '아젠다 2010 계획'을 실행했다. 그 결과는 독일은 유럽국가 중 가장 우세한 경제 · 복지 대국을 건설했다.

슈뢰더 총리의 '아젠다 2010 계획'을 살펴볼 것 같으면 독일의 독립경제와 복지를 실현하기 위해 대기업과 중소기업이 어떻게 역할을 분담하여 국가의 발전을 도모할 것인가에 대한 해법이다.

정부에서 중소기업을 어떤 목표를 두고 지원할 것인가에 관하여 ①중소기업에서 생산하는 제품이 대기업에서 생산하는

---

12 사민당(社民黨): Social Democratic Party of Germany

제품과 대등하거나 우수한 성능을 개발할 수 있도록 기술을 지원한다. ②정부에서 인재를 교육하고 육성하여 중소기업에 제공한다. ③중소기업에서 자체 연구 개발기구를 설치하도록 지원한다. ④중소기업 근무자에게 합당한 급여를 지급하고 복지를 개선한다. 이러한 정부의 지원 아래 중소기업은 대기업보다 연구 속도가 빠르고 마케팅도 잘 할 수 있었다.

정부는 중소기업을 지원하면서 대기업에는 중소기업 인력 지원과 기술 향상이 결과적으로 보탬이 된다는 사실을 이해시키고 중소기업과 인력경쟁을 하지 않도록 유도했다. 그 결과 중소기업이 활성화되어 1,000여 개 강소기업이 각 산업분야에서 등장했다. 이러한 기반에서 대기업은 세계시장을 선도할 수 있는 경쟁력을 확보했다.

'아젠다 2010 계획'을 수립한 독일 사민당 슈뢰더 총리가 집권 7년 만에 기민당에 패하였다. 패인으로는 인력감축과 연금 수급 나이를 65세에서 67세로 늦춘 것이 대표적이다. 독일 국민은 사민당의 슈뢰더 총리의 정책에는 찬성하지만 각 개인에게 영향을 주는 복지에서는 피해가 생기므로 사민당과 슈뢰더 총리를 포기했다.[13]

---

13 KBS TV 대담프로 2014. 01. 05. 09:00 방영을 보면서

대한민국의 정치인들이 독일의 국가경영 사례를 배웠으면 한다. 국민이 정당을 버릴 수는 있으나 정치인의 바른 정책, 바른 생각은 버리지 않는다. 그러므로 올바른 정책과 바른 생각을 계속 추진할 수 있는 문화가 형성되어야 한다.

정권을 인수한 쪽에서는 패배한 정권의 정책이라도 국가 경제발전과 국민복지에 이바지할 수 있다면 전 정권의 공적을 인정하여 지금 진행해야 할 정책으로 채택하고, 발전시켜야 한다. 그래야 후일 국민들은 '훌륭하다'라고, 바른 생각을 한 사람을 존경할 것이다. 독일 사민당 슈뢰더와 기민당 메르켈이 4선에 성공하여 국민에게 추앙받는 현실이 이를 증명한다.

우리나라의 정치인들도 진정으로 국가와 국민을 위한다면 속이 훤히 들여다보이는 꼼수 정치를 벗어 던져야 한다. 후일 국민의 가슴속에 영원히 간직될 수 있는, '아젠다 2010 계획' 같은 정책을 펼치는 그림을 보여 주었으면 한다.

06

먹고사는 것을 해결한
덩샤오핑과 박정희

오늘날 중국이 경제·과학·군사 대국으로 발전한 데에는 덩샤오핑(鄧小平)이란 인물이 있었다. 그는 군부의 지지를 받아 1953년, 중국 공산당 총서기가 되었다. 1955년에는 정치국원이 되었으나 1967년에 문화 혁명으로 실각했다. 그리고 1973년에 부수상으로 복귀하여 1975년에 다시 정치국원이 되었고, 중앙 위원회 부의장이 되었다. 다시 실각한 그는 1976년 마오쩌둥의 사망 후 다시 복귀하였으며, 1978년에 실질적인 당의 지도자가 되었다.

그는 고위 공직에서 마오쩌둥 주의자를 축출하고, 광범위한 개혁을 추진하였다. 그는 농촌에 자기 경영 제도를 도입하고, 산업에는 성과 보수제를 도입하였다. 전문 경영 기술 관료가 경제를 이끌도록 하고, 개인의 자유를 확대하였다. 대외적으로 서방과의 관계를 개선하고, 1978년에 미국과 외교 관계를 수립하였다. 하지만 1989년에 천안문 사태로 인권을 탄압했다는 오명을 갖고 있다.[14]

덩샤오핑의 "흑묘백묘론"은 유명하다. 쥐를 잡는데 검은 고양이면 어떻고 흰 고양이면 어떤가? 라는 말은 당시 시대의 흐름에 유연하게 적응해가는 묘수였다. 덩샤오핑이 사라진 지금 중국인들은 덩샤오핑을 중국 역사에서 최고의 지도자로 생각하고 있으며 중국인이 먹고사는 문제를 해결한 지도자로 존경하고 있다. 세계의 많은 사람이 덩샤오핑의 정치 지도력과 국가전략을 높이 평가하고 있다.

그는 마지막 길에서도 호화찬란한 장례행사를 거절하고 화장하여 유골을 대만 앞바다에 뿌리도록 당부했다. 살아생전 나라 사랑 정신을 죽어서까지 실천했다.

덩샤오핑의 시대 한반도에서는 4 · 19혁명으로 성립된 민주당 정부를 무능 · 부패 정부로 규정하고 1961년 5월 16일

14《Basic 고교생을 위한 세계사 용어사전》역은 이 강상원. 2002. 9. 25., (주)신원문화사

쿠데타에 의해 박정희와 그를 따르는 장교들이 곧바로 계엄령을 선포, 삼권을 장악하였다. 이른바 혁명 주체세력은 국가재건최고회의를 설치, 이를 통해 입법·행정권과 사법권을 행사하였다. 그 의장은 박정희였다.

이로부터 2년 7개월간 군정을 시행했다. 최고통치권자인 최고 회의 의장 박정희는 먼저 구질서의 전면적인 개혁이라는 목표 아래 모든 정당·사회단체를 해체하였다.

군사정부는 〈농어촌고리채정리령〉을 발표하였으며 부정축재자를 가차 없이 조사했다. 사회 기풍을 바로잡기 위하여 댄스홀·고급요정 등 모든 환락가를 단속하였으며, 비밀댄스홀에서 춤을 즐기던 남녀를 군사재판에 넘겨 최고 1년 6월의 징역을 선고했다.

또한, 군사정부는 국민운동본부를 설치, 생활 간소화·가족계획·문맹퇴치사업을 벌이는 한편, 친선방문외교·초청외교 등 외교에서 적극적이었다. 획기적인 경제 조치의 하나로 통화개혁을 실시했다.[15]

박정희는 1963년의 대통령선거에서 야당의 단일후보인 윤

---

15 한국은행 현용권(1962~) : 1962년 6월 10일 환권을 10:1로 절하하고 명칭을 원권으로 하는 제3차 긴급통화조치 이후 현재까지 발행된 29종의 원권이 바로 한국은행 현용권이다. 영국에서 제조하여 반입하던 제조권 중 1, 5원권을 제외하고 모두 대체하였으며 1973년 색상을 다색도로 500원권을 발행했다. 그 후, 고액권 용지의 국산화와 표준영정 도안을 채택하여 나날이 정교해지는 위,변조 기술에 대처하고자 홀로그램, 요판잠상, 등의 최첨단기술을 적용하여 지폐를 발행하고 있다.

한국의 지폐
(1962년 이후)

1원권 (영국인쇄)
1962.6.10

10원권
1962.12.1

5원권 (영국인쇄)
1962.6.10

5원권
1962.12.1

가 10원권 (영국인쇄)
1962.6.10

가 10원권 (첨성대)
1962.9.21

가 50원권 (영국인쇄)
1962.6.10

나 50원권 (광화문)
1969.3.21

가 100원권 (영국인쇄)
1962.6.10

나 100원권 (남대문)
1962.11.1

가 500원권 (영국인쇄)
1962.6.10

다 100원권 (세종)
1965.8.14

나 500원권 (남대문)
1966.8.16

나 5,000원권
1977.6.1

다 10,000원권
1983.10.8

다 500원권 (이순신)
1973.9.1

다 5,000원권
1983.6.11

라 10,000원권
1994.1.20

가 1,000원권
1975.8.14

라 5,000원권
2002.6.12

마 10,000원권
2000.6.19

나 1,000원권
1983.6.11

마 5,000원권
2006.1.2

바 10,000원권
2007.1.22

다 1,000원권
2007.1.22

가 10,000원권
1973.6.12

50,000원권
2009.6.23

가 5,000원권
1972.7.1

나 10,000원권
1979.6.15

보선(尹潽善)을 근소한 표 차로 누르고 당선됨으로써 제3공화국의 통치권자가 되었다. 대통령취임사를 통해 박정희는 "정치적 자주와 경제적 자립, 사회적 융화·안정을 목표로 대혁신운동을 추진하면서 우리는 먼저 개개인의 정신적 혁명을 전개해야 한다."고 강조하였다.

제3공화국의 박정희 정부가 가장 역점을 두고 추진한 작업은 경제발전과 한·일 국교 정상화였다. 박정희는 이미 군정기간인 1962년 제1차 경제개발 5개년계획을 수립, 추진하였다.

사회경제적인 악순환을 지양하고 자립경제확립을 위한 기반구축을 목표로 한 제1차 5개년계획은 당시 후진국 가운데서는 가장 높은 국민총생산(GNP) 증가율인 연평균 7.1%를 책정하였으나 졸속계획과 무엇보다도 경제발전에 필요한 자본 부족으로 제1차 5개년계획은 전반적으로 실적미달이었다.

한·일 국교 정상화는 경제발전에 필요한 자본확보를 이유로 추진되었다. 박정희는 국가원수로서는 최초로 일본 총리와 회담하는 등 한·일문제 타결에 열의를 보였다. 이런 대일자세는 '친일외교'·'흑막외교'라는 비난을 받았다. 박정희 정부의 대일 저자세 시비는 제3공화국 의회 벽두에 대통령 국회출석 결의안 등으로 논란될 만큼 국민의 대일감정을 자극하

19대 문재인
재임 2017~

18대 박근혜
재임 2013~2017

17대 이명박
재임 2008~2013

16대 노무현
재임 2003~2008

15대 김대중
재임 1998~2003

14대 김영삼
재임 1993~1998

13대 노태우
재임 1988~1993

11~12대 전두환
재임 1980~1988

10대 최규하
재임 1979~1980

5~9대 박정희
재임 1963~1979

4대 윤보선
재임 1960~1962

1~3대 이승만
재임 1948~1960

上, 대한민국의 역대 대통령 / 下, 덩샤오핑 주석

였다.

　그러나 박정희 정부는 반대의견을 물리치고 일을 성사시켜 결국 1965년 6월 22일 한일협정을 정식으로 조인했다. 한·일 국교 정상화에 따른 일본으로부터의 자금도입과 기타 차관 등을 통하여 제3공화국 후반부터는 급속도로 경제성장이 이루어졌다. 박정희는 고성장·수출드라이브·산업기지건설 등을 통하여 국정에 자신감을 가졌다.

　1972년 10월 박정희는 헌법 효력의 일부 정지, 국회해산, 정당 활동 금지의 담화를 발표하고 전국에 계엄령을 선포하였다. 정부는 통일주체국민회의를 통하여 대통령을 선출하는 '유신헌법'을 제정, 국민투표를 거쳐 확정한 후, 이 헌법에 따라 제8대 대통령에 박정희를 선출하였다. 이로써 제4공화국이 시작되었다.

　유신체제는 사실상 박정희의 영구집권을 가능하게 하는 체제였다. 그뿐만 아니라 대통령의 권한을 막강한 것으로 보장해줌으로써 박정희에게 독재체제의 길을 열어주었다. 유신헌법의 개정을 요구하는 주장이 야당과 재야세력에서 광범위하게 대두했다. 박정희는 이를 '대통령긴급조치'로써 탄압하였다. 유신체제 7년간 수많은 정치인·종교인·지식인·학생들이 긴급조치에 걸려 투옥당했다.

박정희는 1979년 유신체제에 항거하는 '부마사태(釜馬事態)'
가 절정을 이루던 때, 10월 26일 궁정동 만찬 석상에서 측근
의 한 사람인 중앙정보부장 김재규(金載圭)가 쏜 총탄을 맞고
서거하였다. 그와 함께 유신체제도 끝났다.

세계에서 2번째로 가난한 나라, 국민소득 60불에 불과한 나
라에서 벗어나 국민 모두 잘살아 보자는 하나의 목표로 경제
발전 정책을 펼쳤다. 그 기간이 국민소득 3만 불을 향해 가는
현재 대한민국의 디딤돌이었다는 사실은 누구도 부인하지 못
한다. 박정희 대통령 서거 후, 전두환-노태우-김영삼-김대
중-노무현-이명박-박근혜-문재인까지 모두 8명의 대통령이
대한민국을 이어받았다.

박정희 대통령 재임 기간 18년 5개월 10일 중에 잘한 일도
있고, 못한 일도 있지만, 대한민국을 빈국에서 부국으로 발전
시키는데, 견인역할을 한 것은 확실하다. 아시아인들은 동시
대 위대한 정치인으로 중국의 등소평 주석, 말레이시아의 마
하티르 수상, 코리아의 박정희 대통령을 흔히 꼽는다. 세 사람
의 공통점은 자기 국가 경제의 살림살이를 헐벗고 못 먹은 빈
국에서 잘 먹고, 잘 사는 나라로 개발을 시켰다는 점에서 40만

아시아인들에게 칭송받고 있다. 5,000년 역사 중, 가장 부유한 시대에 사는 것을 계승, 발전시키기 위하여 훌륭한 지도자가 배출되었으면 한다.

나는 오랫동안 남호동 회장과 교우하며
이런 친구를 갖게 해준 하늘에 감사한다.
대령이면 국민 누구에게나 존경받는 계급이지만,
나는 남호동 회장을 호칭할 때 남 대장이라 부른다.

·
·

V장
내가 본 남호동

일관된 소신과 신념, 참군인의 표상 _칼 램마케팅 부사장

인생의 연금술사란 수사가 어울리는 사람 _육군사관학교 교수

정직과 원칙의 대명사, 회장님 _관광경영학 박사 | 상관은 속일 수 있어도 부하는 속일 수 없다 _예)육군소장

독자에게 비전을 갖게 하고 열정을 북돋우는 종소리가 되길… _예) 육군 대장

뜻을 같이하는 사람이 많은 것도 큰 자산 _예) 육군 대장 | 새벽 종소리처럼 살아오신 회장님 _KSPN(주) 부사장

경비협회를 사랑하는 남호동 회장님! _(사)한국경비협회 사무총장

이 책이 희망의 씨앗이요, 사회적 이정표가 될 것이다 _정치학 박사

좋은 성공은 다른 삶을 위하여 봉사하고, 헌신하는 것이다 _좋은시스템그룹 회장

독서광 기업가의 유별난 고향 사랑 _강릉시장

이런 친구를 갖게 해준 하늘에 나는 감사하다 _서울대 총장·국무총리

01

.
.

일관된 소신과 신념,
참군인의 표상이다

호동, 그 이름이 범상치 않다.

호동왕자와 낙랑공주 이야기는 우리가 어렸을 때부터 친근한 전설이자 역사에 등장하는 인물이었다. 그의 삶이 전설이 되기 위함인지 고등학교 시절에 별명이 '호동왕자'였다. 큰 키에 당당한 체격, 다부진 용모, 굳건한 자세… 이미 武人으로서의 풍모를 타고났는지도 모른다.

학교를 졸업하고 내가 사병으로 군에 복무할 때였다. 1969년 주월 백마사령부 민사처 소청심사과에서 한·미·월 통역업무를 담당하고 있을 때, 박쥐 부대(29연대)에서 근무하고 있던 동창인 최창규를 통해 호동왕자가 도깨비 부대(백마 28연대)에서 소대장을 하고 있다는 소식을 들었다.

'그래 장교가 되었구나.'

장교는 국제신사라고 했다. 월남 갈 때 부산에서 승선한 배에서 들었던 얘기다. 이 수송선이라는 게 모든 운영이 미국 해군 식이었다. 장교와 사병을 엄격히 구분했고 선실 구조도 틀리지만, 식당이나 휴게실 출입을 통제했다. 호동왕자의 육군장교 모습을 떠올려 보았다.

월남전에서 백마 도깨비부대는 용맹스러운 부대로 유명했다. 바로 그 도깨비부대 1대대 1중대 선임소대장이라 했다. 만나보고 싶었다. 며칠 후 날짜를 잡았다. 뚜이호아를 대민지원 행사차 간 김에 헬기를 타고 남호동 소대장 진지로 찾아갔다. 2박 3일 체류하면서 월남전 일선 부대의 실제 상황을 체험했다.

호동왕자는 역시 소대장으로서 군인정신이 투철했다. 백마 6호 작전에서 탁월한 전과를 올리고 인헌무공훈장 상신 대상이란다. 초급장교로서는 아주 드문 일이었다. 다음에는 사단급 작전에서는 충무무공훈장이 목표라고 했다. 나중에 듣자하니 화랑무공훈장과 월남 은성무공훈장을 받았다고 한다.

젊은 소대장 때 이미 카리스마 있는 통솔력을 갖추고 일관된 목표를 실현하려는 의지와 집념이 놀라웠다.

50週年 紀念祝祭

공식행사

▲ 남호동 행사위원장의 개회선언

◀ 사회를 보고 있는 최인영 동기

▲ 국민의례

1기 김남하 회장의 경과보고 ▶

내가 현대그룹 광고회사 기획국장 책임자였을 때였다. 호동 왕자가 강원도 인제에 있는 군부대에서 대대장 취임식을 한다고 했다. 동창 몇 명과 함께 갔다. 늠름하고 멋진 그의 모습을 보았다. 처음 가본 군대 행사라 우쭐하고 더 기분이 좋았다. 군악대의 군가 연주에 맞춰 사열하는 장면은 지금도 생생하다. 당당한 육군 중령, 그는 참 군인이었다.

1992년 국민당 대통령 후보 정주영 캠프에서 상황실장을 맡아 현대중공업 홍보관 운영 관련 업무차 울산에 있을 때였다. 호동왕자가 울산지역 군부대 연대장 취임식을 한다고 했다. 동기동창 8명이 서울에서 비행기 편으로 축하하러 왔다. 규모가 큰 행사였다. 민간인들도 많이 참관했다.

군악대의 연주가 울려 퍼지고 행사 요원 군인의 절도 있는 제식훈련은 볼만했다. 지휘봉을 들고 당당하게 사열하는 호동왕자는 육군 대령, 연대장이었다. 아주 근사하고 멋있었다. 취임사도 쩌렁쩌렁하게 잘했다. 축하파티도 세심하게 준비되어 있었고 성황이었다. 건배사도 인상적이었다. 한잔 씩 마시곤 꼭 힘차게 손뼉 쳤다.

이렇게 당당하고 멋있는 참군인, 남호동 대령. 무척 자랑스러웠다. 위풍도 좋지만, 국가와 민족에 대한 투철한 군인정신은 그 언행에서 더 크게 느끼곤 했다. 일관된 소신과 신념, 참

군인의 표상이라 할 수 있겠다.

2014년 강릉고등학교 졸업 50주년 기념행사가 큰 과제였다. 동창들이 모여 설왕설래한 것이 2년이나 되었지만, 진척이 되지 않고 있었다. 3월 들어 강릉·서울 회장단 연석회의에서 만장일치로 호동왕자를 행사 위원장에 강제로 추대했다. 처음엔 강하게 손사래를 쳤지만, 심사숙고 3일 후 쾌히 수락했다. 지휘봉을 잡자 바로 회의에 들어갔다. 고문단, 참모진, 운영팀… 밑그림을 그리더니 순식간에 조직을 구성했다. 30여 년 군 생활에서 익힌 기질을 유감없이 발휘했다. 기획, 재무, 홍보, 진행 등 담당별로 준비한 내용을 호동 위원장은 더 깐깐하게 다그쳤다. 자다가도 벌떡 일어나 챙겨본다고 했다.

80명 부부동반, 참가 인원 160명을 목표로 추진했다. 날짜를 정하고 장소는 알펜시아 1박 2일이다. 초청 인사에서부터 프로그램, 행사장 조명과 음향, 만찬, 의전 등 세심하게 따져 확인했다. 특히, 기념품은 부인들이 좋아해야 한다며 닥스 고급 장지갑으로 직접 결정했다. 준비 기간이 촉박했지만 강력하게 밀어붙이는 호동왕자의 기세에 참모진 모두 일사불란하게 움직였다. 백마9호 작전(?) 같았다.

행사는 성황리에 치러졌다. 동기동창 친구들 모두가 감동이었다. 폐회식에서 호동 위원장에게 동창 모두의 뜻을 담은 감사패를 증정했다. 행사가 끝나고 남은 예산 일부에서 찬조한 친구들 모두에게 닥스 고급 목도리를 선물했다. 군 지휘관 시절에 익힌 다정다감한 마음이리라. 그의 행사 진행은 마무리까지 깨끗하고 깔끔했다.

호동왕자, 남호동 회장은 채명신 장군 같기도 하고 정주영 회장 같기도 하다. 외모와 성격 그리고 그 스타일과 이미지에서 말이다. 확고한 신념과 강력한 리더십, 여기에 살아온 인생의 깊이와 무게와 경륜이 포개진다면 그 유연성에 대한 아쉬움이 보완될 수 있으리라.

친구도 역시 오랫동안 사귄 친구가 좋다!

전)금강기획 상무 · 현)칼렙마케팅 부사장

최규섭[15]

2012. 10. 21

---

15 최규섭; 1944년 2월 20일 강릉 생. 강릉 고등학교와 경희대학교 정경대학 신문방송학과를 졸업하고 서울우유 홍보실, ㈜미도파백화점 홍보실장을 거쳐 금강기획 상무와 새로나백화점 부사장을 역임했다. 현재 칼렙마케팅 부사장으로 재직 중이다.

02

.
.

인생의 연금술사란 수사가
어울리는 사람

남 선배가 주문진 출신이라는 사실을 알고 '나보다도 더 촌
사람이네!'라고 생각하다가, 문득 문화계에 코엘류 신드롬을
불러일으켰던 소설《연금술사》가 떠올랐다. 남 선배의 인생
역정이 보물을 찾아 떠도는 산티아고의 모험과 여정이 그대
로 투영된 듯했기 때문이다.

"이 세상에는 위대한 진실이 하나 있어. 무언가를 온 마음을
다해 원한다면, 반드시 그렇게 된다는 거야."
"보물을 찾겠다는 마음도 마찬가지야. 만물의 정기는 사람

의 행복을 먹고 자라지. 때로는 불행과 부러움과 질투를 통해서 자라기도 하고. 어쨌든 자아의 신화를 이루어내는 것이야말로 이 세상 모든 사람에게 부과된 유일한 의무지."

"자네가 무언가를 간절히 원할 때 온 우주는 자네의 소망이 실현되도록 도와준다네."

작품 속에 나오는 이런 이야기가 청춘 시절의 남 선배가 하는 말처럼 울렸다. 이 이야기는 강의 시간에 생활이 힘들어 지쳐있는 학생들의 꿈과 열정을 일깨워주기 위해 내가 자주 들려주던 말들이기도 하다.

주문진에서 보낸 철없는 장난꾸러기 같던 유소년 시절과 강릉에서 보낸 사춘기의 반항과 질풍노도의 시절을 지나, 꿈을 이루어 금의환향하겠다는 일념으로 떠났던 서울에서의 타향살이. 장군이 되겠다는 야무진 목표를 이루기 위해 목숨을 담보하고 월남전 참전 용사의 경험과 전국을 떠돌며 경험한 험난한 군 생활 32년. 전역한 후, KSPN(주)을 창업하여 근실한 기업으로 성장시키고, 한국경비협회 중앙회장으로 당선되어 성공한 경영인이 되었다.

이러한 인생 역정은 바로 자아를 실현하고자 하는, 자신의 삶을 신화화하는 치열한 도전과 모험의 여정이었다. 그리고 정직과 근면, 신뢰를 바탕으로 일구어낸 인간 승리의 기록이기도 하다. 성실하게 노력하여 자신의 꿈을 이루고야 마는 사람, 자아의 신화를 구현하기 위해 치열하게 사는 사람이야말로 위대한 인간이다. 동해안의 가난한 어촌 마을에서 태어나 전쟁과 혁명의 사회적 혼란기에, 참으로 살기 힘들었던 시대를 뚫고 꿈과 열정과 끊임없는 도전 정신으로 자신을 단련하여 마침내 성공한 경영인이 된 남 선배의 인생 여정은 이 시대의 젊은이들에게도 꿈과 희망을 일깨우는 교훈이다.

현역시절 동료나 후배들에게 베풀었던 각별한 애정과 관심들은 지금도 여전하다. 늘 후배들에게 베푸는 따뜻한 사랑과 넉넉한 씀씀이, 함께 하는 사람을 편하게 해주는 그의 모습은 조직을 이끌어 가는 최고 경영자로서의 인품을 느끼게 한다. 늘 인정이 넘치고 치밀하고 따뜻한 사랑과 관심으로, 회사 구성원들의 힘들고 어려운 일상사들을 챙기고 보살피는 섬김의 리더십이야 말로 회사를 성장시키는 원동력이 아닐까.

인생에서의 성공과 실패는 결국 자아의 신화를 구현하기 위해 어떻게 최선을 다하여 노력했는지에 달려있다. 자신의 처지나 능력의 보잘 것 없음에 좌절하지 않고, 부단한 자기갱신과 도전 정신으로 존경받는 경영인의 자리에 오른 남 선배야말로 인생의 연금술사란 수사가 어울리는 사람이다. 부디 건강하셔서 기업과 사회와 후배들을 위해 더 많이 베푸시고, 큰 일도 많이 하시기를 당부드린다.

육군사관학교 교수

김종윤

03
∶
정직과 원칙의 대명사,
남호동 회장님

　정직과 원칙의 대명사 남호동 회장님이 이 시대 젊은이와 노인에게 비전과 열정을 알리는《젊은이에게 비전을 노인에게 열정을》발행하는 것은 매우 의미 있고 뜻이 있다.

　남호동 회장님은 제가 42년 전, 그 춥고 배고팠던 시절, 최전방 철원에서 상사로 모셨다. 국가와 군에 대한 충성심과 부대와 부하에 대한 사랑은 그 누구와도 비교할 수 없을 정도로 깊고 정직했다.

　부하에 대한 애정과 배려심은 월남전 전투에서 전사한 전우 故 박기화 하사에 대한 사랑으로 50여 년이 지난 지금도 해마

존경하는 회장님 덕분에 골프장 전문경영인 송영진은 7.16일부로 통도 파인이스트cc& 통도환타지아 리조트 사장으로 부임 하였습니다. 이에 신고드립니다.

다 6월이 될 때마다 빠짐없이 서울 국립현충원 21 묘역을 찾아 추모의 참배를 올리는 것을 보면 부하에 대한 지극한 사랑이 어디까지인지 짐작이 가지 않을 정도이다.

"군주에게 가장 중요한 신하는 유능한 자가 아니라 정직한 자이다"라는 말이 있는 것처럼 남호동 회장님은 정직을 바탕으로 법과 원칙을 목숨처럼 중히 여기는 분이시자 제가 존경과 경의를 표하는 대상이다.

그는 인생의 고난과 역경의 순간마다 패배와 불가능의 운명을 거부하고 불굴의 의지와 희망으로 이제 자신의 머리와 이성이 아닌, 가슴과 열정으로 깨달은 원칙과 원리를 이 시대 절망과 실의에 빠진 많은 노인분에게 새로운 꿈과 희망을 심어주고 있다. 또한, 이 땅의 많은 젊은이에게 인생의 새로운 도전과 비전을 제시하고 있다.

통도파인이스트cc& 통도환타지아 리조트 사장·관광경영학박사
송영진

04

.
.
.

상관은 속일 수 있어도
부하는 속일 수 없다

먼저, 남 회장의 인생 여정을 진솔하게 기록한 남호동에서 이 출판을 진심으로 축하합니다.

나는 남 회장과 같은 갑종장교로 임관한 인연이 있고, 현재는 갑종장교전우회 회장으로 봉사하면서 수많은 갑종전우를 만나고 교류하며 갑종장교들 삶을 많이 알고 있습니다. 그 갑종장교 중에서 남 회장을 각별하게 생각하는 것은 '군 생활과 전역 후의 사회생활 즉, 2모작 삶에 모두 성공했다'라는 것입니다.

남 회장은 군 장교로서 30여 년간 복무하면서 부하로부터

존경받는 상관으로 정평이 나 있습니다. 군에서 '상관은 속일 수 있어도 부하는 속일 수 없다.'라는 말과 같이 부하로부터 존경받는 장교가 훌륭한 장교입니다. 남 회장은 항상 부하를 자기 몸처럼 아끼고 장교로서 자기 관리에도 충실했습니다.

남 회장이 장군의 꿈을 이루지 못한 것은 남 회장의 역량을 아는 주변 친인들 모두 안타깝게 생각합니다. 그러나 본인은 역경의 고비를 극복하고 특유의 비전과 열정으로 사회에 나가 제2의 삶을 회원사 대표로, 공익단체 회장으로 모범적으로 활동하는 모습은 우리에게 많은 감동을 줍니다. 또한, 갑종장교전우회 임원으로서뿐만 아니라 회원으로서 남다른 애정을 갖고 전우회 발전에 많은 기여와 도움을 주고 있어 전우들로부터 많은 칭송을 받고 있습니다.

이제 100세 시대를 사는 우리에게 이 도서가 학습교재로, 나아가 지침서로 교훈과 가르침을 주는 좋은 길잡이가 될 것으로 확신합니다.

갑종장교전우회회 회장· 예) 육군 소장

김영갑

05

:
.

독자에게 비전을 갖게 하고
열정을 북돋우는 종소리가 되길…

내가 남호동 경비협회 회장을 가까이서 보게 된 것은 1985년 대령으로 진급하고 국방대학원 안보과정에 입교하면서이다. 1년 동안 함께 수학하면서 당시 남 회장에게서 받은 인상은 우선 '공과 사의 구분이 분명한 사람이다'라는 것이다. 학교 수업을 비롯한 공적인 일에는 한 치의 빈틈도 없이 엄격하면서 사적 관계에서는 매우 온화하고 양보하는 성격이라 어떤 일이든 믿고 맡길 수 있겠다는 신뢰가 들었다.

그는 또한, 한번 인연을 맺으면 절대 변치 않는 의리의 남자다. 그러면서도 겸손하고 인정이 넘치며 특히 상대를 배려하고 양보할 줄 아는 인간미를 갖췄다. 사실 더 일찍 대령을 달 수 있는 좋은 여건에 있었음에도 유능한 선배들에게 양보한 것은 당시 군내 미담으로 회자 되었다.

남호동 회장의 오늘이 있는 것은 이 같은 정직하고 성실하면서도 남을 배려할 줄 아는 겸양의 마음이 성공의 밑거름이 된 것이다. 본인 또한 그런 품성을 길러준 고향, 모교에 대한 각별한 사랑과 고마움으로 매년 여러 형태의 보은 활동을 하고 있다.

이런 남호동 회장의 발자취가 이 책을 읽는 독자들에게 비전을 갖게 하고 열정을 북돋우는 종소리가 되기를 희망한다.

국방대학교 동기생 · 육군협회 회장 · 예) 육군 대장
김판규

06

뜻을 같이하는
사람이 많은 것도 큰 자산

젊을 때는 남호동 회장과 생사고락을 같이했던 전우로, 노후 인생살이에서는 인생의 남은 열정을 아름답게 꾸며가는 인생의 동반자 중 한 사람으로서 참으로 소중한 친구이다.

인생을 살다 보면 언제든 만나고 싶은 사람이 있다. 남호동 회장이 바로 그런 사람 중 한 사람으로서 월남전 참전을 포함해 32년간의 군 생활을 거의 같은 시기에 동고동락해서 그런지는 몰라도 항상 반듯하고, 불의를 용서치 않으며, 매번 최선을 다하는 모습이 보기 좋았다. 그리고 노인을 섬기고, 약자에 대한 배려심이 몸에 젖은 모습은 항상 믿음직스러웠다.

1996년 53세에 육군 대령으로 군인으로서 32년간의 소임을 다하고 퇴역을 한 다음 제2의 인생을 힘차게 개척하면서 처음엔 회사원으로서 사회적응 능력을 키우고, 다음엔 군에서 체득한 경험을 바탕으로 한 작은 경비업체를 창업해서 지금은 무려 500여 명의 직원을 거느린 당당한 중견기업으로 육성시켜 제2의 인생을 힘차게 개척하고 있을 뿐만 아니라 전국 1500개 경비업체와 15만 경비원을 대표하는 사단법인 한국경비협회 회장으로서 공익활동에도 전력을 다하고 있다. 이러한 열정과 노력, 성공의 힘이 어디에서 솟구치는지 나는 궁금했다.

내가 지켜본 남호동 회장은 ①언제 만나도 부담 없고 편안한 사람(德)이었다. ②일을 맡기면 내 일같이 최선을 다하는 사람(率先垂範, 創意力)이다. ③문제가 생기면 명쾌히 일을 처리하는 사람(正直, 原則)이다. ④한번 사귀면 좀처럼 헤어지지 않는 사람(疏通, 信義)이다. ⑤실패를 극복할 줄 알고 매사를 긍정적으로 추진하는 사람(努力, 熱情)이다.

이상 다섯 가지를 두루 갖춘 품성과 능력이 있었기 때문에 가능했다고 본다.

어느 날 남 회장으로부터 자신의 삶을 추려《젊은이에게 비전을, 노인에게는 열정을》이란 도서를 출판하기로 했다고 들었다. 앞으로 100세 시대를 대비하는 초석을 다지자는 제의에 멋진 생각이라 동의하며 아낌없는 박수를 보냈다. 아마도 이 책이 완성되면 남호동 회장의 비전과 열정, 그리고 강력한 추진력의 원인을 찾을 수 있는 좋은 자료가 되리라 생각한다.

이상, 은인의 소회를 피력할 기회를 준 것에 대하여 감사드린다. 항상, 열정적인 삶을 펼쳐나가는 남호동 회장의 소망이 지금은 비록 작은 등불에 불과하나, 우리 세대의 희망의 불빛으로 크게 번지길 기원한다.

전) 3군사령관· 예) 육군 대장
구창회

07
.
.

새벽 종소리처럼 살아오신 회장님

　남호동 회장님은 산전수전(山戰水戰) 다 겪으면서 인생을 치열하게 살아오셨다. 지금은 희수(喜壽)가 멀지 않은 연세이지만 젊은이같이 열정적으로 사신다. 그래서 남들과는 좀 다른 인생 여정을 쌓아오시면서 많은 이야기를 가진 분이다.

　사병으로 입대해서 육군 대령으로 전역하셨고, 월남전에 참전하여 많은 무공 훈장을 받으신 참전 용사이다. 군 출신들은 전역 후 재취업이 어려운 게 일반적인데, 부산은행 및 ADT캡스에서 중요한 직책을 수행하셨다. 회갑이 넘은 나이에 KSPN(주)을 창업하여 중견 회사로 성장시킨 성공적인 기업인이다.

칠순이 넘은 나이에도 불구하고 한국경비협회 중앙회장에 당선되어 그동안 누적되었던 협회의 각종 적폐를 개선하면서 새로운 모습으로 발전시켜 오고 있다. 여기서 멈추지 않고 이번엔 살아온 여정들을 모아 젊은 세대들에게는 비전을, 시니어 세대들에게는 열정을 줄 수 있는 내용의 자서전을 발간하신다. 정말 감동적인 이야기다.

저는 남 회장님의 고향 후배, 학교 후배, 군 후배로서 예비역 육군 대령이며 현재는 KSPN(주)에서 부사장으로 가까이서 보좌하고 있다. 이분을 함축적으로 표현한다면 건강, 열정, 낙천적, 인간관계, 나눔과 베풂, 자기 관리에 능한 멋쟁이시다. 체험으로 쌓은 지도력, 투철한 국가관을 가진 분이다.

이분은 아주 건강하다. 선천적인 것도 있겠지만 건강을 지키기 위해 꾸준히 노력한다. 운동을 규칙적으로 생활화하고, 취미 활동을 즐기고, 잠은 숙면하고, 무엇이든 잘 드시지만 절제하려 노력하고, 주기적으로 건강진단 받고, 필요한 약을 잘 먹고, 주변 사람들과 어울려 대화하는 것을 좋아하며, 쓸데없이 고민하지 않으면서 마음속에 스트레스를 쌓아두지 않는다.

이분은 아주 열정적이며 늘 활력이 넘친다. 새벽같이 출근해서 온종일 바쁘게 움직인다. 시간을 결코 헛되이 쓰지 않는 게 몸에 뱄다. 하고자 하는 일은 포기하지 않고 끝없이 노력한다. 안될 것 같은 일도 추진력과 집념으로 해내고야 만다. 늘 무엇인가 새롭게 시작하려는 꿈을 꾸고, 도전하는 것을 두려워하지 않는 용기 있는 분이다.

이분은 아주 낙천적인 성격이다. 회사대표인 기업인이면서 각종 사회단체에서 다양한 직책을 맡아 봉사하고 있어 늘 바쁘게 생활하지만, 항상 밝고 긍정적이다. 쓸데없는 부정과 불평불만을 하지 않으신다. 지나간 일에 연연하지 않고, 일어나지 않은 내일 일을 쓸데없이 고민하지 않는다. 오직 지금, 이 순간에 맞닥뜨린 일에 충실하신다. 일하는 것이 최고의 즐거움이라고 생각하신다.

이분은 인간관계를 아주 소중하게 생각하신다. 한번 맺어진 인연을 소중히 유지하면서 관계의 끈을 풀지 않으려 애쓴다. 또한, 작은 인연들을 크게 만들려고 노력한다. 그걸 위해 늘 인연 맺으신 분들과 연락하고 베푸심을 좋아한다. 그래서 주변에 다양한 사람들이 많이 모이고 서로 어울려 잘 지낸다.

이분은 나눔과 베푸는 걸 좋아하신다. 오래전부터 모교의 어려운 학생들에게 장학금을 주고 있으며 강릉시민들을 위해 도서를 기증하고, 고향에 어려움이 있으면 발 벗고 나선다. 오랫동안 몸담았던 군과 사회단체에도 늘 따뜻한 지원을 보내고 있다. 그리고 주변의 어려운 분들에게 도움을 준다. 회사

사업이 잘되어 국가에 세금 많이 내고, 모교·고향·군과 사회에 도움을 주고 싶은 게 이분의 꿈이다. 그걸 실현하기 위해 오늘도 아주 열심히 일하신다.

이분은 자기 관리를 철저히 하신다. 아주 멋쟁이시다. 항상 정장에 넥타이를 매신다. 공적 업무가 아닐 때는 청바지를 즐겨 입는다. 골프 칠 때는 화려한 옷을 입는다. 옷·넥타이·벨트·구두·모자 등 나를 관리하고 가꾸는 데는 아끼지 않는다. 그래서 늘 활기와 활력이 넘치는 젊은이처럼 보인다.

이분은 깊이 있는 지도력을 갖추고 있다. 군 장교 복무, 금융 및 보안회사 간부, 대표이사, 각종 사회단체 임원, 협회장 등을 거치면서 실천하는 지도력을 실전적으로 행하고 있다. 산전수전을 겪으면서 체험으로 터득한 삶의 철학이다. 정직, 근면을 실천하면서 신뢰를 지향한다. 과정에 충실하되 결과에 대해서는 관대하다. 강한 성격이지만 따뜻함이 함께 한다. 주변 사람들의 의견을 경청하되 결심은 단호하다. 한번 하고자 하는 일은 물러섬이 없다. 올바르다고 생각하는 일은 절대 타협하지 않는다. 무에서 유를 만드는 것을 즐긴다. 무엇이든 다시 시작하려고 노력한다. 항상 국가와 사회에 이바지하는 삶이다.

이분은 국가관이 투철하시다. 우리나라 근현대사의 모든 격동기를 함께 해오면서 오늘을 만드는 데 동참한 세대이다. 월남전에 참전해서 국익을 위해 적과 싸워 이겼고, 날아오는 적의 총탄으로부터 부하의 목숨을 지켜보신 분이다. 그래서 이나라를 더욱 사랑하신다. 오늘 우리가 처한 안보, 경제, 교육, 노조 문제, 복지 등에 우려와 걱정이 많으실 수밖에 없다. 아마 이 책을 내시는 것도 독자들과 그런 것을 함께 고민해 보자는 뜻도 있을 거다.

이분은 100세가 가까워져 오는 나이에도 왕성한 활동을 하시는 김형석 교수님, 김동길 박사님, 인도의 마하티리 총리를 존경하면서 그분들의 삶을 깊이 들여다보고 계신다. 또한, 작고하신 박정희 대통령, 중국 지도자 덩샤오핑, 정주영 회장, 구본무 회장의 인생 여정과 철학을 존경하신다.

남호동 회장님의 앞날이 이 책의 제목처럼 '젊은이에게 비전을, 노인에게는 열정을 알리는 종소리'가 되는 삶이 되시길 빈다. 이 사회에 희망을 주고 봉사하는 인생 이야기가 계속 쓰이기를 기대한다.

예) 육군 대령·KSPN(주) 부사장
최광순

08

:
:

경비협회를 사랑하는
남호동 회장님!

저는 30여 년간의 공직생활을 끝내고 제2의 인생을 어떻게
출발하나 하고 고민 중이던 차에, 친구가 한국경비협회 사무
총장직에 응모해보라고 권유하여 현재 남호동 회장님과 인연
을 맺게 되었습니다.

회장님은 국가안보를 책임지는 군의 주요 부서에서 그 중책
을 다하시고 대령으로 예편하신 분이십니다. 회장님이 살아
오신 삶은 도전과 열정의 역사라고 해도 과언이 아닙니다. 젊
어서는 월남전에 파병되어 사선을 넘고 넘어서 이후 육군본
부 등 주요 보직에서 국가안보의 중추를 담당하였습니다.

군에서 퇴직 후 국책은행과 우리나라의 주요 경비회사인 CAPS의 상임고문으로 재직하다가 인생을 정리하는 시기인 60대에 대기업가를 꿈꾸며 KSPN(주)이라는 경비회사를 창립하여 10년 만에 중견기업으로 키우신 입지전적인 분입니다.

이번에 회장님의 탁월하신 경륜을 바탕으로 그동안 살아오신 삶을 정리하여 후배들에게 긴요한 삶의 지침서로 활용할 수 있도록 회고록을 출판하는 데 대해 먼저 축하의 말씀을 드립니다.

그동안 남호동 회장님을 모시면서 이분에게서 항상 무엇을 배울까 하면서 근무해 왔는데, 우선 협회를 참 사랑하시는 분이라고 생각합니다.

회장님 회사 업무도 바쁘실 텐데 부임 이후 거의 매일 아침 7시경 협회로 출근하여 업무를 처리하시고, 협회 직원들의 업무역량 향상을 위해 회의할 때 자상하게 가르쳐 주시며, 때론 중요사안에 대해서는 직접 기획안을 잡으시는 등 협회 업무를 한 단계 업그레이드시켰습니다.

그리고 협회가 내부 현안으로 흔들릴 때는 항상 원칙에 따라서 처리함으로써 굳건한 리더쉽을 확립하여 대외적인 위상을 제고 하였습니다. 부임 이후 협회지 나라 사랑 〈시큐리티 코리아〉 발간과 함께 발전기금으로 400만 원을 희사하시고, 또한 새 정부 들어 비정규직의 정규직화 정책에 따른 경비업계 국회 대토론회 등 대책 마련을 위한 기금으로 사비 1,000만 원을 흔쾌히 내시는 등 협회의 일에 누구보다 선두에 서서 솔선수범하셨습니다.

연말에 복지원 위문품 전달 시에는 현장에서 어린 학생들을 보시고 학용품 사는 데 쓰라고 즉석에서 금일봉을 주시는 가슴이 따뜻한 분입니다. 또한, 몸에 밴 '나라 사랑과 애향심'으로 항상 국가 안위를 걱정하시고 모교 후배들에게는 매년 장학금을 기부하여 미래의 인재를 양성하는 분입니다.

그간 협회를 이끌어 오시면서 곧은 성품으로 인해 때론 고집이 있다는 평을 듣기도 하지만 정직과 신뢰로서 소통하는 회장님으로 재직 중에 부회장 등 임원진 10명에게 사비로 행운의 2달러 지폐 금장 기념패를 만들어 전달함으로써 협회를 위해 함께 수고한 우정의 마음을 표하는 등 따뜻하고 인간미 넘치는 지도력을 보여 주기도 하였습니다. 저는 비록 회장님 발끝에도 따라가지 못하지만, 그 정신을 배우는 소중한 기회였고 인연이라고 생각합니다.

마지막으로 회장님의 꿈과 희망인 대기업가가 꼭 되시길 바랍니다. 아마 회장님의 마음속에는 이미 이루신 것 아닌가 생각해 봅니다. 이번에 발간한 회고록이 후배들에게 꿈과 희망 그리고 도전 정신이 되어 회장님의 열정이라는 이름으로 길이길이 남게 될 것입니다.

　다시 한번 회고록 출판을 진심으로 축하드리며, 항상 건강하시길 기원합니다.

(사)한국경비협회 사무총장· 가천대학교 겸임교수

박사 오성환

연말에 복지원 위문품 전달

09

.
.

이 책은 희망의 씨앗이요,
사회적 이정표가 될 것이다

저는 마음속으로 좋아하는 분을 지칭할 때 '존경하는' 이란 단어를 사용합니다. 그중의 한 분이 바로 남호동 사단법인 한국경비협회 중앙회장입니다.

제가 남호동 중앙회장을 처음 뵌 것은 제가 한국경비협회 충북지방협회장에 재임 중인 2014년 12월입니다. 그 후, 자주 뵙기 시작한 것은 2015년 9월 사단법인 한국경비협회장에 후보로 출마하면서입니다. 그 전까지는 남호동 회장님을 잘 알지도 못했습니다. 남동호 회장님이 2016년 2월 29일 중앙회장으로 당선되고, 저 역시 충북지방협회장을 재임하면서 회장님을 깊이 알게 되었습니다.

단언하자면 남호동 중앙회장님은 국가관이 확실하고, 정의롭고, 의리 있고, 가슴이 따뜻한 분입니다. 국가안보를 위해 오랫동안 역할을 하셔서인지 국가에 대한 사랑이 대단한 분이십니다. 심지어 취임하시자마자 사단법인 한국경비협회도 국가를 위해야 한다며 국가보훈처와 연관하여 월간으로 발행되는 〈나라 사랑〉을 발간하셨습니다. 모든 일의 근본에 국가를 중심으로 사고하고 행하시는 분입니다.

남호동 중앙회장님은 우리 사회나 우리 협회조직을 위하여 옳고 바른 도리를 실천하시는 정의로운 분이십니다. 매사에 협회 일을 하심에서도, 간교한 자는 배척하고, 공공의 이익이 되는 일이라면 사람은 당신이 좋아하지 않는 사람일지라도 귀담아들으시고 실행하시는 분이십니다.

의리를 실천하시는 분입니다. 지나가는 한마디의 말도 깊이 새기고 기억하고 있다가 약속을 지키시는 의리를 실천하시는 분입니다. 어려운 환경 속에서도 사단법인 한국경비협회 중앙회장 후보 시절 공약을 하나하나 실천하여 모든 공약을 실천하신 분입니다. 한 예로 당신이 불리하더라도 한 말에 약속을 지키고 사람을 먼저 생각하는 인간적인 분이십니다.

남호동 중앙회장님은 인정이 많고 가슴이 따뜻한 분이십니

다. 2016년 전 겨울 어느 날 충북지방협회를 순방하셨을 때입니다. 회원사 대표 OOO이 글을 못 배우신 어르신들과 학교 밖 청소년들이 검정고시 등을 위하여 공부하는 야학의 선생으로 활동하였습니다. 야학당이 지하에 위치하여 겨울이면 춥다는 이야기를 전해 들으시고, 겨울철 연료비에 사용하라고 금일봉을 전달해 주시면서 오른손이 한 일을 왼손이 모르게 선행하시는 분입니다.

남호동 회장님에 대하여 일일이 열거하자면 저에게 할당된 이 책의 지면이 너무 부족합니다. 이 책은 남호동 중앙회장님의 삶의 철학이 배어있다고 생각합니다. 그중에서도 이 책은 청소년들에게는 바른 인성을 중심으로 한 희망의 씨앗이 될 것이 분명합니다. 젊은이에게는 험난한 세상을 어떻게 살아가야 하는지 사회적 이정표가 될 것입니다. 또한, 중장년과 어르신들에게는 또 다른 제2의 삶의 열정을 가질 힘이 될 것입니다.

　남호동 중앙회장님은 잘생긴 인상과는 다르게 가까이 접하면 접할수록 마음이 끌리는 자비로움을 느낄 수 있는 분으로 배울 점이 참 많은 분이십니다. 이 책에는 남호동 회장님의 진솔한 삶이 담겨 있어 이 시대를 살아가는 저에게도 많은 가르침을 주고 있습니다.

사) 한국경비협회 충북지방협회장· 충북보건과학대학교 겸임교수

정치학 박사 동중영

10

.
.

좋은 성공은 다른 삶을 위하여
봉사하고 헌신하는 것이다

늘 꿈꾸며 도전을 즐기는 멋진 과정을 우리에게 보여 준 남호동 회장입니다.

나는 52년 전 육군보병학교 간부후보생과정에서 그의 구대장으로 만나 월남전에서 전우로서 전후방 각지에서 좋은 인연을 맺은 것을 감사하게 여기고 있습니다.

활기차고 어떤 일이나 적극적이고 진취적인 태도로 일을 사랑하는 모습이 우리 모두의 본보기가 되고, 우정과 의리를 중시하는 그의 인품이 한 권의 책으로 세상에 나오게 되어 축하하는 마음을 담아 글을 씁니다.

육군 대령으로 오랜 군 생활을 마치고 직장에서 제2의 삶을 이루다가 환갑이 되어 제3의 인생을 시작한다는 일은, 누구나 할 수 없는 특별한 용기와 결단이 필요하였을 것입니다. 그는 아무 주저 없이 회사를 창업하고 정말 열심히 잘 키우고 가꾸어 나가면서 경비업계의 리더로 경비협회장에 출마해서 당선되었습니다. 그리고 업계의 발전을 위하여 봉사해 오면서 많은 사람에게 그 활기를 나누어 주는 일을 즐기고 있습니다.

이제 세상이 빠른 속도로 바뀌고 있습니다. 인구 감소와 4차 혁명 시대가 도래되고 인공지능, 로봇, Big Data 클라우딩, 블록체인 등 급격한 변화의 시대에 남호동 회장이 이루어 나가는 경비 보안 분야의 변화와 혁신이 기대됩니다.

좋은 성공은 지위의 높음이나 경제적 부를 이루는 일이나 명예를 얻는 것이 아니라 자기가 이룬 작은 성취라도 다른 삶을 위하여 봉사, 헌신하며 가치 있게 쓰는 것이 아닐까요?

남호동 회장은 업계를 위하여 또 사회공헌을 위하여 열정을 바치는 삶을 통하여 우리에게 큰 동기를 부여하는 멋진 후배입니다.

좋은 시스템그룹 회장

김승남

11

·

·

독서광 기업가의 유별난 고향 사랑

제가 지난 12년간 몸담았던 강릉시청은 머리 위에 책을 잔뜩 이고 있습니다. 일명 「로하스 강릉 작은 도서관」 시청사 제일 꼭대기 18층에 자리한 이 도서관은 전국에서 가장 전망 좋은 도서관입니다. 한눈에 들어오는 강릉시가지 전경과 푸른 동해의 수평선을 바라보며 독서를 할 수 있는 공간입니다.

이 도서관 한가운데, 「남호동 기부 도서코너」가 있습니다. 남호동 선배님께서 지난 2014년부터 매년 전달해 주신 소중한 도서구매기금으로 사들인 장서들이 책장 가득합니다. 앞에는 책을 읽을 수 있는 의자가 아늑하게 놓여 있지요. 저도 재임 중 가끔 18층 작은 도서관에 올라가, 이 「남호동 책장」에서 손 닿는 대로 책 한 권 꺼내 들고 아늑한 의자에 앉아 잠깐이나마 꿀맛 같은 힐링 독서를 즐기곤 했습니다.

강릉고등학교 1기 선배님이자, 강원도민회중앙회 부회장, 한국경비협회중앙회 회장으로 재임 중이신 남호동 선배님께서는 군 출신으로 자수성가하신 기업가로 호방한 기개를 지니신 분입니다. 독서광으로 소문나신 분답게, 고향 강릉 사랑도 찐~하고 특별하셨습니다. 강릉시청 도서관에 매년 꾸준히 도서구매기금을 기증하신 유일한 분이자, 기증자의 이름을 딴 도서코너가 유일하게 운영되고 있습니다.

선배님께서는 해마다, 고향의 독서문화를 넓힐 수 있어 기쁘다는 말씀을 하셨습니다. 그저 그 말씀뿐이셨습니다. 유별나고 우직한 선배님의 행보는 우리 강릉을 명실상부한 책의 도시로 만들었습니다. 제가 재임 중 가장 주력해 온 강릉 평생학습도시 실현을 더욱 공고히 만드는 큰 힘이 되어 주셨습니다. 그 고마움을 이루 다 할 수 없습니다.

《신증동국여지승람》에 의하면 "강릉의 자제들은 어려서부터 책을 끼고 스승을 따라 글을 배우는데, 글 읽는 소리가 마을에 가득 찼고 배움에 게으른 자는 함께 나무라며 꾸짖는다" 하였습니다. 이러한 풍속과 아름다운 자연환경이 어우러져,

江原日報

1945년 10월 24일 창간 |T 033-258-1000   Kwnews.co.kr   제21136호   2018년 5월 7일 월요일

매년도서기금 전달 훈훈, 남호동KSPN 대표이사

"책읽는 도시 만들기 힘되고 싶어"

남호동 KSPN㈜ 대표이사는 지난 2일 강릉 로하스작은도서관을 찾아 도서구입기금 2백만원(150권상당)을 기탁했다

남대표는 2014년부터 매년 100만원에서 200만원씩 총 700만원의 도서구입기금을 강릉시에 기탁, 현재까지 400권의 책이 구입돼 강릉시청 18층 로하스작은도서관에 비치돼 있다.

이번 기금으로도 150여 권의 책을 구매 후 기증도서의 신규 등록을 마치는 데로 로하스작은도서관 기증코너에 비치해 시민 누구나 열람 및 대출이 가능하도록 할 계획이다.

강릉고등학교(제1회)를 졸업한 남 대표는 그동안 각종 단체와 기업 등을 통해 책 읽는 도시 강릉, 인문도시 강릉을 대외적으로 홍보하는데 지대한 역할을 해오고 있다.

| 정익기 기자 igjung@kwnews.co.kr |

강릉시청 18층 남호동 도서 부스

우리 강릉은 수많은 문인과 학자, 예술가를 탄생시킨 문향과
예향의 고을이 되었습니다.

특히, 강릉이 배출한 교산 허균 선생은 조선 시대 최고의 독
서광으로 꼽힙니다. 허균 선생은 가진 돈 전부를 쏟아부어 책을
사고 직접 경포호숫가에 별장을 지어, 고을의 선비들이 자유로
이 책을 빌려 읽도록 했다고 합니다. 이곳이 바로, 우리나라 최
초의 공공형 사립도서관으로 평가받는 「호서장서각」입니다.

비록 지금은 옛터를 기억하는 안내판만 세워져 있습니다만,
책을 사랑하고 독서를 즐기는 정신만큼은 우리 강릉인의 유

전자에 뚜렷이 새겨져 수백 년 세월, 면면히 이어져 오고 있는 것입니다. 타향에서 고향 강릉의 이름을 빛내고 계신 자랑스러운 강릉인, 남호동 선배님 역시 책을 통해 그 누구보다도 진한 고향 사랑을 실천하고 계십니다. 우리 시민들은 그러한 선배님의 고향 사랑을 절대 잊지 않을 것입니다.

오늘도 강릉시청 18층 로하스 강릉 작은 도서관에는 많은 이들이 찾아옵니다. 아이 손 잡고 온 어머니, 방학을 맞아 도서관 피서를 온 청소년들, 점심시간에 잠시 들른 직원들…. 오늘은 「남호동 책장」에서 어떤 책을 고를까요? 이 모두가, 남호동 선배님께서 심어놓으신 보석들이 최고로 빛나는 순간입니다. 선배님, 감사합니다!

前 강릉시장·시인

최명희

12

:
:

이런 친구를 갖게 해준 하늘에
나는 감사하다

남호동 회장은 강릉이나 주문진 이야기할 때는 그 눈이 소년처럼 밝다. 우리나라 인구 전체 중에서 가장 소박하고 꾸밈없고 따사로운 마음씨 중에 제일인 강원도 사람 그 자체다.

K대장 등 옛 상관의 이야기가 나올 때는 마음속의 공경심이 얼굴에 그대로 번진다. 군 시절 이야기, 고향 친구 이야기, 업무와 관련된 갖가지 소회를 소주 한 잔 앞에 두고 털어놓을 때, 남 회장은 너무나 애국적이고 성실하다. 그의 배려 깊은 삶에서 긍지를 함께 지닌다.

나는 오랫동안 남호동 회장과 교우하며 이런 친구를 갖게 해준 하늘에 감사한다. 대령이면 국민 누구에게나 존경받는 계급이지만 나는 남호동 회장을 호칭할 때 남 대장이라 부른다.

저절로 배어 나온 품격. 결단력. 인간에 대한 사랑이 대장의 진실과 신념과 꿈으로 이루어진 남 회장의 저서 출간을 진심으로 축하하며 남호동 대장의 건강, 앞날의 성취를 빈다.

前 서울대학교 총장· 前 국무총리
이수성

100세 시대 준비에 보탬이 되길 바랍니다

나는 고등학교를 졸업하면서 가진 첫 번째 비전은 부자가 되겠다 생각하고 취업에 도전하였으나 허망하게 좌초되었다. 그리고 갑종간부 후보생으로 육군 소위가 되었다. 장군이 되고 싶다는 두 번째 비전은 32년간 군 생활을 했음에도 장군의 문턱에서 좌절하여 육군 대령으로 퇴역했다. 세 번째는 성공한 기업가가 되고자 했다.

다행스럽게도 세 번째 가진 비전은, 경비회사 KSPN주식회사를 창립하여 현재 매출 150억 원 내외를 유지하고 있다. 매년 공부하는 젊은이, 학생에게 장학금을 지급하고 있다. 강릉 시민을 위한 시청 건물 18층에 남호동 도서 부스에 책을 지원하며 불우 이웃 돕기 등을 꾸준하게 했다. 중소기업 KSPN(주)는 젊은이와 노인들과 함께하기 위해 노력하고 있다.

네 번째는 73세의 노인이 열정을 가지고 1,500개 경비업자와 15만 경비원을 아우르는 대한민국 경비업을 대표하는 사단법인 한국경비협회 중앙회 회장직 선거에 도전하여 2016년 2월 29일 당선되어 취임했다. 현재는 KSPN주식회사의 대표이사와 사단법인 한국경비협회 중앙회 회장직을 겸하고 있다.

나는 육군 대령으로 퇴역한 후, 나의 성격을 잘 아는 주변의 지인들로부터 사회에서 성공하기 위해선, '지는 것과 참는 것'이 필수조건이라는 충고를 받았다. 최고와 일등만을 고집하며 살아온 나에게 지인들의 말은 생활 속에서 죽비처럼 매서웠다.

32년간 바보스럽게 1등과 최고만을 고집하다니, 지금에 와서 생각하니 나무의 뿌리와 줄기 그리고 잎을 살폈어야 했다. 열매만 고집스레 집착하는 바보스러웠던 시간이었다. 10년만 종사하면 제법 일할만한 일꾼이 되고 30년을 한 분야에서 종사했으면 전문가인데 새로운 생활에 적응하지 못하다니….

나는 큰 부자가 아니고, 높은 관직에 오르지 못했다. 또한, 고명한 학식을 갖춘 저명한 학자도 아니다. 대한민국 국민 중, 중간계층의 삶을 살면서 소확행(小確幸)을 누리며 시종일관 비전을 이루기 위해 노력했다. 노인이 되어서는 오직 하나밖에 없는 열정과 40년 사회생활 경험으로 도전하여 중견기업을 운영하고 있다. 그리고 전국단위선거에서 당선하여 대한민국

방방곡곡의 중소기업 경영자들을 만나 대화를 나눌 수 있는 한국경비협회 중앙회 회장을 지내고 있다.

70 평생을 살아오면서 느낀 것은 '정직(正直)·근면(勤勉)·신뢰(信賴)'란 말이 나의 삶을 좌우하는 디딤돌임을 절감했다. 누구나 여러 번 성공할 기회를 얻지만 많은 사람은 기회를 놓치곤 한다. 성공은 준비된 자에게 주어지며 지금 이 순간이 바로 실천할 때라 여기고 도전해야 한다. 젊은이와 노인들이여 지금 이 순간에 당장 실천해야 할 것이 무엇인지 기억하고 잃어버리지 않기를 희망한다.

《젊은이에게 비전을, 노인에게 열정을》이 100세 시대를 살아가는 젊은이와 노인들에게 종소리처럼 신선하고 맑은 울림으로 다가갔으면 한다. 끝으로 많이 부족한 나에게 과분한 격려의 글을 주신 이수성 (전)국무총리님 외 열 한 분에게 존경과 감사함을 표합니다.

2018년 시월에

남호동